李辉 / 主编

冯骥才　李辉　钱念孙等 / 著

地名古今

可惜从此无徽州

海天出版社

| 总序 |

地名，我们回家的路

地名如人名，与生于斯长于斯的一代又一代人，息息相关。地名，承载丰富的文化信息，承载千百年的情感传承，不会随着时间推移而消失。一个长期形成的地名，其实就是那个地方的符号，那个地方所有人情感所系的标志。即便远在他乡，故乡名字，在人们心中永远不会忘记。我们常说珍爱乡愁，寻找乡愁，乡愁就融在地名之中。

2016年清明前夕，我在武汉做一次关于地名的演讲，听一个省的民政厅干部讲了一个故事。一位漂泊在外的老人，身体不好不能回到家乡，就让孩子回来寻根，找他生活过的地方。孩子归来，拿着那个地名，难以找到，原来那个地名早已消失。最后,孩子找到民政厅,翻阅地名档案,终于找到原来的地名。这位老先生,写信来感谢他们,同时在信中说:"你们经济发展得很好,建设也很好,但是地名不要改,地名是我们回家的路。"

地名,我们回家的路。说得多好。

地名,在所有寻找乡愁的人们心中,就是一条回家的路。即便对于没有在这里出生的人,那也是祖辈的根,后代依旧将心底的那份乡愁,与那个遥远的地名联系在一起。为《中国人民志愿军战歌》谱曲的周巍峙先生,曾任文化部代部长、全国文联主席,他爷爷那一代逃荒离开徽州,虽然周巍峙没有在徽州出生,但徽州一直在他心中。我在微信公众号"六根"发表《徽州,归来吧!》一文之后,他的儿子周七月告诉我,父亲一直想找到徽州的家乡,并且认为徽州地名被黄山替代,是没有文化的表现。他根据父亲提供的堂号,前往徽州,找到了祖辈生活过的村庄和祠堂。去世两年前,周巍峙终于回到徽州祖籍所在地,了却心愿。为踏上这条回家的路,他等待了整整90年!

回家的路,到底有多远?有多近?对于所有人,远与近,在乡愁中,在梦中。

地名的替换与取消,显然,需要慎之又慎。尤其是一个历史悠久的地名,早就成为中国文化的一部分,它们存在于史书、碑刻、文学经典之中。如果轻率地将之更名,多少文化信息就会被消解。陕西汉中的勉县,是武侯墓和武侯祠所在地,因汉水称作沔水,后来,这里一直叫沔县。1964年,因考虑到"沔"字不好写,便随便改为"勉"。汉水流至湖北,一个县叫沔阳,和沔县的"沔"是同一个字。可是,上世纪60年代没有改名的湖北沔阳,到80年代却改名叫仙桃市,沔阳从此消失。远远近近的人,都熟悉沔阳三蒸、沔阳花鼓戏,可如今,一个"仙桃",令"沔阳"失去了多少历史内涵。为此,生于斯长于斯的作家池莉,特意撰文呼吁恢复"沔阳"。

说到襄阳,会想到王维的"襄阳好风日,留

醉与山翁",想到杜甫的"即从巴峡穿巫峡,便下襄阳向洛阳";说到荆州,会想到"大意失荆州";说到衡阳,会想到高适的"衡阳归雁几封书";说到徽州,会想到汤显祖的"一生痴绝处,无梦到徽州"……试想一下,如果将"襄樊""荆沙""黄山"在诗句中予以替换,今人与后人的感受,又该如何?幸好衡阳、泰安等地名,没有在黄山替换徽州之后也随之更改,不然,多少经典诗词,将从此失去地名带来的历史内容和美感。

能否慎重更换地名,其实就在于是否对地名有一种情感。这种情感,是个人的,是家族的,更是地方的、民族的。诸多地名情感的滋生、蔓延与丰富,才构成一个民族的文化自尊。在更换地名之际,我们需要敬畏文化,敬畏历史,任何一个地名,都是在悠久历史中形成的。邯郸这个地名,延续两三千年,不是依旧与人们同在吗?

可喜的是,如今越来越多的人,知道重视传统,敬畏历史。当然,不是所有地名都必须恢复旧名称，但对于"徽州"这样极其重要的历史地名，却值得付出一定代价予以恢复。没有徽州，哪里有"安徽"？全国第二次地名普查，无疑给了我们一次新的契机。通过普查，来一番梳理，让中国的地名更带有历史沿袭性，更具有传统文化特色，让新起的地名更能体现中文之美，更有丰富内涵。当然，这需要各地政府，有勇气面对过去的错误。譬如徽州，将这种改错的著名地名重新恢复，才是对历史、对文化的真正珍爱与敬重。

珍爱地名，回家的路，再远，也很近。

于是，我忽发奇想，何不开设一个"地名古今"微信公众号？2016年5月3日，"地名古今"启动。第二天，5月4日，发表我的第一篇文章《地名，我们回家的路》。"地名古今"的帷幕，慢慢拉开。时间真快，到2018年5月，"地名古今"推出整整两年。两年来，"地名古今"成为全国各地作者讲述地名历史的小小平台。大家互不相识，却在平台上读对方的文章，了解彼此的历史、文化和故乡情感。

的确，地名不是干巴巴、枯燥的几个汉字，它们包容了多少历史变迁、多少文化内涵、多少故乡人的情感。"地名古今"不仅仅讲述地名的历史变迁与故事，还希望不同门类的专家参与其中。家族故事、方志、中国园林常识、旅行、寻访……不一样的地名，不一样的风景，要用不一样的心情去感受，去领悟。

一年之后，2017年5月我重新拟定六个栏目，分别如下：

1. 我说地名：以个人视角讲述熟悉的地名历史变迁和故事，避免面面俱到，避免罗列概念。突出个人对地名的理解和历史变迁的解读。

2. 倾听讲述：每个村庄、每条街巷，都有说不完的人与地名故事，每个人都是一本大书，倾听讲述，以细节勾勒岁月流逝中的、难以重现的故事。

3. 我的漂泊：许多人的人生旅程，会在迁徙、漂泊中走过。用印象最深的几个地名,穿插个人的成长史、生活史,本身就是"地名古今"不可缺少的内容。

4. 故居寻访:千百年来,每个地方都有影响历史、文化的名人,故居寻访,在寻访中解读名人,使之古今融合。同样避免面面俱到,写最能触动自己的地方即可。

5. 行走天下:旅行已成为当今时尚所在。如何行走,如何把旅行化为自己生活、精神的一部分,把旅行与异地观感融为一体,既是游记,也有颇为充实、敏锐的诗意表达,这是最值得期待的行走天下。

6. 回家的路:远离故乡的人,心中永远牵挂故乡。每次踏上归家之路,都会是一种全新的体验。儿时星星点点的记忆,家庭几代人的酸甜苦辣、悲欢离合,都是取之不尽用之不竭的素材。一棵树,一口井,一家人,左邻右舍,都是故乡难忘的记忆。

谢谢海天出版社诸位同仁厚爱,同意接纳出版"地名古今"丛书。所有"地名古今"作者,得知这一消息,都为之激动。

期待更多读者和作者关注"地名古今",参与撰写更多故事。

未来的日子里,我们再前行!

李 辉

2018年新年之际写于北京看云斋

目录

可惜从此无徽州

失去地名,我们还要失去什么?(李辉)	003
可惜从此无徽州(李辉)	009
徽州,徽州,欲说还休(李辉)	020
徽州,归来吧!(李辉)	025
地名的意义(冯骥才)	037
恢复"徽州"地名的文化思考(钱念孙)	041
地名是解读历史的密码(胡野秋)	055
徽州地名消失背后的隐情(胡野秋)	063

乱改地名就是没文化（潘采夫）	073
地名与文脉存续	
——以"徽州"为个例（方利山）	078
徽州的前世今生（舒甘来）	091
掩卷问李白：咏的是哪座黄山？（舒甘来）	106
黄山原本不叫黄山（舒甘来）	118

何处是徽州？

诗文里的徽州（刘琼）	129
从这十本书开始认识徽州（绿茶）	139
徽州许村，古村落走出四院士（徐玉基）	147
歙县昌溪：唐伯虎名画换水龙（徐玉基）	160

徽州过年，清清吉吉（徐玉基） 174

徽州民国第一祠

——祁门渚口"贞一堂"（吴孙民） 184

那些徽商老字号（吴孙民） 189

良书声声唤徽州（于志斌） 199

初赏齐云山石刻（于志斌） 203

舒余庆堂考察记（于志斌） 208

许国石坊小记（于志斌） 211

宝纶阁·呈坎村·歙俗（于志斌） 214

可惜从此
无徽州

失去地名,我们还要失去什么?

李辉

时间过得太快,1998年4月,我在《人民日报》"大地周刊"头版发表了《可惜从此无徽州》一文,转眼已整整20年!

20年!多少人在呼吁恢复徽州地名。曾记得,连续多年,全国两会曾经有不少人递交议案,希望能恢复"徽州"名称,结果都是不了了之。雷声大,雨点小,大家也就见怪不怪,好像也习惯了。

我却是一个爱较真儿的人。一个如此美好的地名,改为"黄山市",改错了,难道就不能恢复吗?

写此篇《可惜从此无徽州》,与家乡湖北的

"荆沙"恢复"荆州"相关。1994年，荆州地区行署改为地级市，将行署所在地的荆州古城与相邻的轻工业发达的沙市合并，改名为"荆沙市"。当年沙市有个大名鼎鼎的沙市洗衣粉，电视的广告词特别醒目："活力28，沙市日化"。此次城市名称改为"荆沙市"，怎么看怎么别扭。当时，我正在《新民晚报》的"夜光杯"开设一个专栏"静听回声"，便在1995年发表《可惜从此失荆州》，从此我与地名的缘分越来越深。

好在湖北省的荆沙市和省级部门，对许多人的呼吁有了很好的回应。1996年11月，"荆沙市"终于恢复为"荆州市"。地名之错，勇于修正，这让我看到了当地政府尊重地名，珍爱历史文化传统的历史担当。为此，我在《人民日报》发表《欣闻荆州去复来》一文。同在这一年，我在上海看望王元化先生，请他谈五四运动等历史话题。我告诉他，荆州地名已经恢复。王先生是江陵人,他说改为"江陵"也好呀!

的确如此。2018年春节前夕,在深圳书城举办的海天出版社"寻找中国"译丛发布会上,87岁高龄的徐凤翔老人,发言时背诵李白一首七绝:"朝辞白帝彩云间,千里江陵一日还。两岸猿声啼不住,轻舟已过万重山。"她说,当年三峡都是森林,猿声悠悠,可惜如今两岸早已没有如此美妙的声音了。听她谈到这些自然环境的消失,令人不由得黯然。她在现场这句话说得好:"人聪明,人也很坏。"人类如果不与自然环境相协调、相交融,未来前景同样令人担忧。

地名与历史文化的关联,何其不是同样如此?

历史悠久,文明古国,我们常常引以为豪。然而,自豪归自豪,更为重要的却在于如何珍爱祖先留下来的历史文化。说珍爱，绝非仅仅背几个教科书上的概念，或者满足于张贴几幅标语口号，以为这样就万事大吉了。生活中不难发现这样的背景：面对祖先留下的丰富文化遗产，先是抽象地唱几句赞歌，随后，一转身，头也不回地就将之毫不客气地抛掷一旁。

现实从来就是历史的一环，珍爱历史文化，当然就是如何将现实更合理、更有机地与历史连接起来。历史文化不是单一的，它存在于生活的各个领域和每个角落。在中国这样一个历史悠久的国度，地名也好，村落也好，胡同街巷也好，往往都会浓缩历史文化的精华与灵魂。重视它们，研究它们，进而珍爱它们，在发展中、在建设中给予特殊对待，重视一个地区文化的历史性和整体性，这是一个紧迫而严峻的课题。

这些年，我们总是在不断强调文化自信，

可是，我们对千百年形成的重要地名，却总是置若罔闻，轻易地就把它们抛弃。地名更换之频繁，超出人们的想象。城市之间的相互合并，总是会丢弃最有特色的地名。江苏淮阴是韩信故里，一旦合并，就更名了。类似于这样的地名更换，往往是头脑发热的人轻易做出决定，草率从事，既不征求当代民众意见，也不通过人大、政协的投票表决。

我总是在想，一个地名的更换，为何没有人大、政协的参与，为何那么匆匆忙忙地做出决定？在主政一方的领导人心里，他们真的有文化自信吗？他们对传统文化的认识与理解，与生于斯长于斯的民众，此间的距离到底有多大，难道不应该认真地做一些深刻反省吗？

尊重地名，珍爱文化，不只是为了历史，更是为了现实，为了未来。没有历史文化做背景，失却历史文化的丰富内涵，地名毫无节制地改来改去,文化自信又在何处体现呢?

失去地名,我们还要失去什么?

失去的,必然是丰富、厚重的文化传承,必然是留存心中的文化自信。每念及于此,忧虑与困惑,总是与内心结伴相随……

可惜从此无徽州

李辉

天下无人不识君

稍有历史知识、文化知识的人，几乎都会知道徽州。一个"徽"字，有着极为丰富的历史文化含量。

徽派建筑

徽州，早在秦汉时期设郡，北宋时期正式建徽州府治，已有长达两千三百多年的历史。地理位置、自然环境、民风民俗，这一切使徽州在发展过程中逐步形成了丰富的文化内涵。因而，徽州，不再仅仅是一个单纯的地理概念，而是已经成为世人瞩目的区域性文化的一个经典之作。

写建筑史，不能不提到徽派建筑。粉墙青瓦，木刻砖雕，明清遗韵，至今令观光客、令研究者流连忘返。

说起商业，少不了徽商的风光。"无徽不成镇"，这个说法是当年历史上徽商崛起的最好印证。

说起京剧，谁人不晓徽剧？两百年前"徽班进京"，拉开了京剧历史的序幕。

文房四宝中，徽州的徽墨、宣纸、歙砚，大名鼎鼎，历久不衰。

1998年4月17日《人民日报》"大地周刊"发表《可惜从此无徽州》

朱熹、戴震、胡适、陶行知、黄宾虹等一批著名历史人物，为他们的故乡赢得了荣光。

安徽省的名称，更是少不了这个"徽"字。

徽州，是历史，是文化，是现实与传统连接的不可缺少的一环。

可惜，这个地名如今消失了。

黄山一口"吃掉"徽州

位于原徽州地区境内的黄山，80年代进入开发高峰。最初于1983年设立的黄山市，管辖范围主要限于黄山风景区，其市府所在地原太平县，与黄山紧邻，推窗即见黄山景色，距九华山风景区也只有40公里。此时的黄山市，与徽州行署所在地屯溪遥相呼应。原徽州行署所在地屯溪，是徽州文化的中心城市和依托城市，屯溪老街，歙县牌坊，黟县民居，构成了一个完美的人文景观区域。可以说，此时的黄山市与徽州，形成自然景观与人文景观双翼并存的良好形态。

但是，1987年，黄山市扩大至大部分徽州地区，市中心搬至屯溪，徽州地名取消，易名为黄山市。

黄山"吃掉"徽州，一个直接的弊病立即表现出来。

屯溪实际上与黄山有相当远的距离。据有关材料，这里距黄山南门75公里，距北门131公里，距西门140公里，距东门96公里。徽州地区改为大黄山市之后，原徽州地区各县为了发展旅游，纷纷打出"黄山"的牌子。屯溪火车站改为黄山站，屯溪机场改为黄山机场，岩寺离黄山60多公里，也叫黄山南大门，歙县离黄山80多公里对外也称黄山脚下，甚至远离黄山一两百公里的地方，饭店、旅行社、旅馆都挂上了"黄山"的名号。

1983年设立的黄山市与1987年设立的黄山市行政区域比较图

20世纪80年代徽州地区与黄山市行政区划变化图示

可惜从此无徽州

真正不方便的是游客。兴冲冲地下了车、下了飞机，以为到了黄山，谁知却迟迟难见黄山真面目，结果不得不再长途跋涉。实际上，从旅游角度看，所谓黄山市，不过是一个黄山南部地区部分游客的中转站。

尤其令人遗憾的是，"徽州"作为地名从此再无踪影。历史悠久的徽州，被一座山一口"吃掉"。"皖南处处皆黄山"，这是一些有识之士的自嘲和无奈。

地名是历史，是文化

历史不能割断，文化不能串味，一个历史悠久的地名更换，应该慎之又慎。

历史文化，不是几个空洞的口号，也不仅仅是教科书上几个简单的概念定义，更不是可有可无的点缀。它存在于人们生活的每个领域和角落。作为地名这样一种特殊的语言形象，

1981年,作者沿富春江、新安江和新安江水库上溯,前往安徽歙县和黄山

它更有其相应的稳定性、丰富性。特别是类似徽州这种类型的地名，有着丰富的历史文化内涵。尊重历史，尊重文化，首先就在于珍爱历史的赐予，而非忽视它们，甚至无所谓地抛弃。

发现自然风景区的价值，开发旅游资源，并不意味着消解传统文化，淡化历史形象。一个疑问是：失却深厚的历史背景和文化内涵，旅游又如何真正发展起来？

1992年7月8日，民政部曾经召集有关专家、学者和行政管理人员召开过关于"地名"问题的专题座谈会。会上专家们指出："名山大川在全国乃至世界人民心目中，已形成特定形象，不宜扩大其名称的指称范围，以避免造成名称的泛指、泛用，避免造成特定空间形象和地理区域范围上的名称混乱，现行政区名称无任何弊端，无任何不妥之处，且沿用已久，如'泰安'之名，不仅是由'泰山'派生出来，而且取名高雅,含义健康,不必改名为泰山市。"

专家们的意见无疑是尊重历史文化,符合地名规律的。

几年前,湖北省沙市和荆州合并时,舍历史悠久的荆州地名不用,改为荆沙市,这是一个明显的失误。经过舆论界和各界人士的努力,湖北省政府于1996年12月发出通知,将荆沙市更名为荆州市。亡羊补牢,犹未晚也。尊重历史文化的赐予,堪称明智之举。

客轮搁浅于富春江

随着经济的发展，随着农村逐步向城市过渡，地名的更换必然会越来越频繁。在这一过程中，如何尊重历史和文化，如何遵循地名规律，应该值得重视，值得研究。

但愿名山大川"吃掉"历史文化的事情不再发生！

徽州,徽州,欲说还休

李辉

写文章爱管闲事,总是会让人讨厌。想想看,八竿子也打不着的事,你在那里评头论足,岂不是吃饱饭撑的?可是,人一写文章,总也免不了这样的习惯。结果,偶有不慎,我也就成了这种令人讨厌、给人添乱的人。

几个月前,有感于十多年前徽州易名为黄山市,我写了《可惜从此无徽州》,为徽州这个历史悠久的地名从此消失而感慨万分。

略有常识的人都知道,徽州在中国传统文化中所占据的难以取代的位置。在长达两千三百多年的历史中,特殊的地理位置、自然环境、民风民俗,使徽州在发展过程中逐步形成了丰富的文化内涵。徽派建筑、徽商、徽班进京、徽墨、宣纸、歙砚……徽州已经成为一个世人瞩目的区域性文化的经典之作。显而易见，徽州，是历史，是文化，是现实与传统连接的不可缺少的一环。可是，十多年前，有关方面片面理解强调开发黄山旅游的重要性，便忽略了历史文化的延续，不顾地名规律，生硬地将徽州地名取消。结果，徽州从此消失在历史远处；结果，远离黄山的地方也成了"黄山"，颇引人误解，给游客造成麻烦。

作者保留的1981年黄山游览证

我对徽州地名的消亡一直耿耿于怀，却从未想到撰文呼吁。几年前，湖北合并荆州和沙市，舍弃荆州、江陵这样的悠久地名不用，起了一个不伦不类的地名"荆沙"。我是湖北人，发生在家乡的事情才又一次引起我对地名更改的忧虑。于是，我提起了笔，发表了一篇《可惜从此失荆州》予以呼吁。值得欣慰的是，不少人士都在关心此事，而湖北有关方面也明智地做出了更改地名的决定。"荆沙"来去匆匆，"荆州"失而复得，可喜可贺！

荆州地名予以恢复，仿佛给了我一个信号：业已消失多年的徽州地名，也有可能失而复得。我便不自量力、一厢情愿、满怀热望地写了《可惜从此无徽州》，连标题都袭用写荆州的那篇。我想用自己的呼吁，引起所有人的共鸣，引起有关方面的重视，以使问题能够解决。

谁料想，一片热忱反让人讨厌。

发表拙文的报纸，接连收到当地有关部门来信，说是发表我的文章，引起当地一片混乱，影响了工作与生产的正常进行，等等等等。言下之意，似乎我不仅仅是狗拿耗子多管闲事，甚至还是存心不良的破坏分子。

怎么得了！抛弃老祖宗，贻笑大方，倒是相安无事，皆大欢喜；舆论监督，发发议论，却影响安定，干扰大局，后果严重。好一个撒手锏，挥舞得如此得心应手，真让人大开眼界。

是呀，谁让写文章的人考虑问题过于简单，过于执着。你何曾想到，一个地名的更换或者恢复，常常伴随着行政区划的调整、领导班子的重组、经济重点和投资重点的确定……而这一切，又该和多少人的切身利益相关？

我仍固执。我难以想象，一方面越来越多的人关注、研究、开发徽州历史文化，另一方面却永远没有了徽州这个地名，仅仅是面对史料与遗迹。我甚至确信，能够恢复徽州地名的人，一定会名留方志，功在历史和未来。然而，轻易丢弃历史的人，又焉能顾及未来？

尽管在有的人眼里我已成为讨厌的人，但我对恢复徽州地名的热情依旧。我仍然相信，总有一天，明智之人会做出令世人满意的决策。想必并不遥远。

罢了，罢了，就此打住。

徽州，徽州，欲说还休。谁说天凉好个秋？

徽州,归来吧!

李辉

我理解的地名普查

几天前(注:2016年3月22日),国务院第二次全国地名普查领导小组办公室在北京召开加强地名文化保护暨清理整治不规范地名工作视频会议,对地名文化保护和清理整治不规范地名工作进行动员部署。

全国第二次地名普查由此全面展开。

一是要明确目标任务。要在做好地名文化资源调查、地名文化遗产保护等地名文化保护工作的同时,重点清理整治居民区、大型建筑物、街巷、道路、桥梁等地名中存在的"大、洋、怪、重"等不规范地名,营造规范有序的地名环境。二是要把握工作原则。要着重把握严格依法行政、立足传承保护、坚持因地制宜、充分尊重民意四方面原则。三是要统筹部署推进。要将地名文化保护和清理整治不规范地名工作与地名普查其他各项任务一并安排部署、互相结合推进,抓好关键环节,稳妥有序地推进,避免形成地名更名之风。四是要健全长效机制。要坚持标本兼治,在通过集中整治解决当前突出问题的同时,完善制度规范,优化管理体制,厚植地名文化,形成地名规范管理长效机制。

地名普查虽不像人口普查那样与每个人相关,可是,谁又能说与我们自身无关?

地名如人名,一旦形成,就与生于斯长于斯的每个人,一代又一代,息息相关,是历史传承,是永久的文化信息,不会随着时间推移而消失。不妨说,一个长期形成的地名,就是那个地方的符号,那个地方所有人情感所系的标志。所谓乡愁,是故乡情感,而这种情感维系,与地名无法分开。

中国进行第一次地名普查,是在1980年。进行第一次地名普查时,对普查做了如下说明:"这次普查的对象包括全国农村人民公社生产大队以上的行政区划和驻地名称,城市中的街巷名称,以及主要的山峰、河流、湖泊、岛屿等自然地理名称。普查的内容包括地名的来源、含义、历史变迁和地理位置等。"

2009年,进行第二次普查试点时,所做普查说明如下:"目的是查清试点地区地名基本情况,掌握地名基础数据,提高地名标准化水平,为社会提供全面准确的地名信息。地名是基础地理信息,地名普查是一项公益性、基础性的国情调查。开展地名普查试点,有利于维护国家主权和领土完整、巩固国防建设,有利于我国经济社会协调发展，有利于社会交流交往、方便人民群众生产生活，对提高政府管理水平和公共服务能力具有重要意义。"

第一次普查的说明，突出来源、含义、历史变迁等，与其相比，第二次普查更加强调宏观的主权、领土等宏观因素。两者表述虽有差异，但都强调了地名普查的重要性。

我倾向于两次说明可融为一体来理解地名的重要性，理解地名普查对于国家、地方与个人之间的重要性。

地名更改最为频繁的三十年

从1980年至今，恐怕是中国地名变化、更改最为频繁的阶段。其主要原因，我觉得有以下几点：

行政区划的调整。我是湖北人，1977年参加"文革"后恢复的第一次高考，我所在的随县,是襄阳地区的一个县,1978年年初上大学,暑假回来,还是随县。一年后,中国开始推动县改市的行政区划调整,随县于是成为襄阳地区下面的单列县级市,改名为随州市。类似这样的情况,全国有很多。随着行政区划调整,拆开、合并,时时出现,这就必然带来诸多地名的变化。有的消失,有的更名,举不胜举。

人民公社的解散,必然带来大量生产大队名称的改变。包括黑龙江、新疆、海南、云南等各地建设兵团、农垦系统,逐步转交地方,也带来地名的恢复或新地名的出现。

房地产开发。20世纪80年代以来,中国进入房地产开发的黄金时代,难以计数的楼盘、社区,在城市内外如雨后春笋一般拔地而起,每个楼盘、社区都有各自的名称,有与中国传统文化相关的,也有大量国外名称的舶来品。许多名称的草率决定,五花八门,不伦不类，堪称历史之最。

各类城市三十多年来由小变大，增加无数街道、马路，有的合并，有的衔接，名称自然随之发生变化。地名增加、变化的原因当然不限于此。

正因为三十年来中国地名变化如此频繁，完全有必要进行第二次地名普查。

我觉得，关于第二次地名普查的宣传、普及，需要加强。应该让更多的人了解，让更多的人参与。如果能借这次普查，找一些关心地名，对地名历史有研究、有感情的人，做关于地名的口述，留存故事、传说和变迁，然后整理出版一套相关地名普查的文化丛书，可能会是地名普查很好的副产品。这就需要尽量让各地文化馆、文联、报社、电视台热衷地名文化的人士参与其中，借助各种手段、方式在不同平台上，将地名普查的意义讲足，使之成为当地社会生活与文化的一件大事。

徽州，何时归？

我与地名有不解之缘。

1994年，我的家乡湖北，将荆州与沙市合并为地级市，改名为荆沙市。一个莫名其妙的名字，让人啼笑皆非。当时，我在《新民晚报》"夜光杯"副刊开设"静听回声"专栏，便

徽州，何时归？

在1996年发表《可惜从此失荆州》一文,为舍弃著名历史地名荆州(包括江陵)不用,却用"荆沙"一名而打抱不平。在文中我呼吁恢复荆州地名。这篇文章发表后,多方转载,引起从上到下不少人的共鸣。两年之后,1996年11月,湖北省政府颁布通知,撤销"荆沙"名称,恢复"荆州"地名。我为家乡人的气度而高兴,当即写下《欣闻荆州去复来》一文,1997年年初,在《人民日报》副刊和《新民晚报》副刊分别发表。

2001年,回家乡参加襄樊市"诸葛亮节"归来,我在"大地周刊"发表《襄樊何不叫襄阳》,再次呼吁家乡能够恢复襄阳这一历史地名。袁鹰、冯骥才等人纷纷发表文章,赞同恢复襄阳这个地名,一时间,关于历史地名的讨论颇为热闹。九年之后,这一呼吁,在各方的呼应和配合下,终于变为现实。2010年,湖北省正式决定,襄樊市更名为襄阳市,千年历史地名,有了最好的回归!

或许受到恢复荆州地名的影响,我想到了另一个地名的消失与恢复,这就是徽州。在某种程度上,我甚至觉得,近几十年来,中国地名消失中最让人遗憾的,莫过于鼎鼎大名的徽州被改为黄山市。

其实,在荆州地名恢复之后,我还写过一篇《可惜从此无徽州》,1998年4月17日,发表于《人民日报》"大地周刊"。在《可惜从此无徽州》文章开篇,我以"天下无人不识君"为小标题谈"徽州"的重要性:

稍有历史知识、文化知识的人,几乎都会知道徽州。一个"徽"字,有着极为丰富的历史文化含量。

徽州,早在秦汉时期设郡,北宋时期正式建徽州府治,已有长达两千三百多年的历史。地理位置、自然环境、民风民俗，这一切使徽州在发展过程中逐步形成了丰富的文化内涵。因而，徽州，不再仅仅是一个单纯的地理概念，而是已经成为世人瞩目的区域性文化的一个经典之作。

写建筑史，不能不提到徽派建筑。粉墙青瓦，木刻砖雕，明清遗韵，至今令观光客、令研究者流连忘返。

说起商业，少不了徽商的风光。"无徽不成镇"，这个说法是当年历史上徽商崛起的最好印证。

说起京剧，谁人不晓徽剧？两百年前"徽班进京"，拉开了京剧历史的序幕。

文房四宝中，徽州的徽墨、宣纸、歙砚，大名鼎鼎，历久不衰。

朱熹、戴震、胡适、陶行知、黄宾虹等一批著名历史人物，为他们的故乡赢得了荣光。

安徽省的名称，更是少不了这个"徽"字。

徽州，是历史，是文化，是现实与传统连接的不可缺少的一环。

可惜，这个地名如今消失了。

《可惜从此无徽州》一文发表后,顿时引发各方反应,我们先后收到几十封读者来信,大部分赞同恢复徽州地名,包括黄山市的多位读者。当时,陶行知夫人吴树琴仍健在(2003年去世,享年88岁),与陶行知同是徽州人。她从南京致信于我,非常赞同我的意见。我们将信压缩后,以《陶行知夫人致信本报:恢复徽州地名是明智之举》为题发表。

转眼间,恢复徽州地名的这一呼吁竟然18年了。黄山市还是黄山市,徽州依旧呼之难出。恢复徽州地名,久久未能实现,心里纠结却始终难去。关注和忧虑,常在心中。

如今,越来越多的人,知道了对传统的重视,知道了对历史的敬畏。当然,不是所有地名都必须恢复旧名称,但对于"徽州"这样极其重要的历史地名,却值得付出一定代价予以恢复。没有徽州,哪里有"安徽"?其实,这些年我们做的许多事情,都是在弥补过去的轻率、无知造成的恶果。从某种意义上说,我们在用新的努力和改变,为历史还债。如果我们这一代不"还债",不纠正错误,后人会以什么样的眼光审视我们?

全国第二次地名普查,无疑给了我们一次新的契机。通过普查,来一番梳理,让中国的地名更带有历史沿袭性,更具有传统文化特色,让新起的地名更能体现中文之美,更能有丰富内涵。

当然,还需要各地政府,有勇气面对过去的错误。譬如徽州,将这种改错的著名地名重新恢复,这才是对历史、对文化的真正珍爱与敬重。

寄希望于安徽!

徽州,徽州,归来吧!

地名的意义

冯骥才

一些城市的历史街区在"旧城改造"中被荡涤一平之后,留下的只有一个地名。这地名有名无实,空泛无用,改掉便了。于是,许多地名正在成批地被从地图上抹去。我们对自己的"革命"总是这样干净彻底。

有名无实的地名这样毫无意义吗?

近日读了李辉和袁鹰二位先生由于襄阳与徽州易名而发表的真知灼见,更引起对地名本身的深思。

首先,地名绝不仅仅是一个称呼,一个特定地域的名称。

城市是有生命的。地名便有了生命的意义,

也就是有着和生命一样丰富和深刻的含义。如果这地方有其独有的历史与命运，地名便是这历史命运的容器，比如唐山与大地震的灾难，平型关与平型关大捷，罗马与罗马史。如果此地有个性而非凡的文化，这地名便是对这文化的命名，比如扬州和扬州画派，苏州和苏州园林，上海与海派文化，法兰克福与法兰克福学派，佛罗伦萨与整个文艺复兴运动。城市成了一种文化的属性。如果这些城市随随便便换去了名字，你说它失去的是什么？

一个地方自有地名才算是真正的诞生。此前只是人的一种自然和原始的聚落。地名是城市生命的起点。此后，这些城市发生的一切一切，包括它的成败荣辱和曲折坎坷，全都无形地积淀在这看似只有几个字的地名里。这一切一切，还渐渐地在这地名里形成它独具的历史文化。只要走出这地名一步，就不再属于这独特的历史文化了。如果说地名是一个城市的文化代号，那么这城市的生命密码就在其中。

如果你崇敬这地方的文化，这地名就是一种尊称；如果你对这地方有情感，这地名就是一种深挚的爱称。比如故乡的地名。

地名中又潜在一种凝聚力、亲和力，还有复杂的情感。

当然，历史上地名的更换也是很多。但这些地名的改变，大多由于政治变迁，改朝换代。更改地名，总是为了表明"改天换地"，绝非从文化考虑。然而，正是出于这种无意中的惯性——这个非文化的传统，使得我们对地名的文化价值与精神价值缺乏认识，以致出现袁鹰先生所指出的将徽州易名为黄山这样令人遗憾的典型。徽州乃是令人神往的韵味幽雅的古城，一改为黄山市，就像变作一个新兴的都市，文脉中断，魅力不再，优势全无。

地名是一个地域文化的载体,一种特定文化的象征,一种牵动乡土情怀的称谓。故而改名易名当慎,切勿轻率待之。无论是城名,还是街名,特别是在当今"城改"狂潮中,历史街区大片铲去,地名便成了一息尚存的历史。倘再将地名删去,历史便会彻底荡然一空。我们早晚会感到这种文化的失落,我们已经感到这种失落和茫然了!

那么,谁来守住这个至关重要的历史文化?

恢复"徽州"地名的文化思考

钱念孙

近来从纸媒到网络到手机客户端,"黄山"是否应恢复"徽州"地名的讨论唇枪舌剑,争论激烈。我觉得若分辨复名或不复名的利弊短长,既要算经济账,又要算文化账,既要着眼当下,更要立足长远,这样才能得到比较客观公允的认识。

当年将"徽州"改名"黄山"的缘由及反应

1987年11月27日,国务院下发《关于安徽省调整徽州地区行政区划的批复》,撤销徽州地区、屯溪市和县级黄山市,设立地级黄山市;原属徽州地区的绩溪、旌德两县划属宣城地区,其石台县划属池州地区。1988年4月,地级黄山市正式成立,辖屯溪、黄山、徽州三区和歙县、休宁县、祁门县、黟县四县。

为什么进行此次区划调整并将"徽州"更名"黄山"？1979年邓小平视察黄山风景区,有感于黄山胜景藏于深闺,指示要"把黄山的牌子打出去"。当时黄山风景区由安徽省直管,但核心景区主要分布在太平县及歙县。1983年12月,曾将太平县改名黄山市（县级）,由省政府直管,但小马拉不动大车,推动黄山旅游发展的效果并不理想。于是就有了1987年进一步将"徽州"改名"黄山"并调整相关区划的思路。当年安徽省政府在《转发国务院关于安徽省调整徽州地区行政区划的批复》中说得很直白："这一决定,对于更好地保护、开发和利用黄山风景资源,进一步发展以黄山为中心、以皖南为重点的旅游事业,带动皖南经济的发展,具有重要意义。"

显然,"徽州"改名"黄山"及相关区划调整,主要是希望通过打黄山牌,振兴皖南旅游,促进经济发展。这种仅从眼前经济利益出发,而不顾"徽州"地名负载的多重文化内蕴的做法,三十年来一直饱受争议。徽州本地有识之士和普通民众,从眷念故乡厚重历史和故土完整性出发,不断上书各级政府,包括通过各级人大、政协反复申诉意见。徽州以外的专家学者及新闻界人士,呼吁恢复徽州地名及原有区划者,多年来也始终络绎不绝,《人民日报》及众多报刊曾多次刊文谈论相关问题,并数次引起舆论广泛反响。

徽州的深厚文化底蕴及地域特点

为什么僻于安徽一隅的一个地名及区划调整,会持续多年引起各界关注和非议?

古徽州之域,早在秦汉时期即设郡县。北宋宣和三年(1121年),正式设立徽州,辖歙县、休宁县、黟县、绩溪县、婺源县、祁门县六县。此后历经元、明、清、民国、中华人民共和国八百六十多年,除1934年至1947年和1949年以来婺源划归江西外,徽州名称及"一府六县"的基本格局一直未变。徽州不仅自然地理环境独特,拥有黄山、齐云山、太平湖等丰富旅游资源,而且文化底蕴特别深厚,堪称中国传统乡村文化发展最为充分的典范区域。

徽州是北宋兄弟哲学家"二程"(程颢、程颐)的祖籍地,又是南宋哲学家兼教育家朱熹的故乡,素有"程朱阙里"之称,又有"东南邹鲁"之誉。以儒家思想为核心的程朱理学在徽州社会深入人心,浸入村规民俗及家风家教等方方面面。徽州崇文重教,文风独茂,以才入仕、以文垂世者,灿若星汉。据不完全统计,明清两朝徽州中进士542人，举人1513人。"连科三殿撰，十里四翰林""父子宰相""同胞翰林""四世一品"等科举奇观，在古徽州屡见不鲜。

徽州是位居中国十大商帮前列的徽商的发祥地，明清两朝徽商称雄中国商界五百余年，有"无徽不成镇""徽商遍天下"之说。徽商的重要特点是"贾而好儒"，一方面在经商活动中尊崇儒道，重诚讲信，以义取利；一方面经商致富后，致力于建设家乡，倡兴文化，发展教育，热心公益，从而促进了徽州文化的全面繁荣。

徽州文化的兴盛，不仅突出表现在许多徽商不惜重金营造大量物质文化遗产，如被收入世界文化遗产名录的西递、宏村等众多古村落，被列入首个国家级历史文化保护街区的屯溪老街，被定为国家重点文物保护单位的歙县牌坊群，以及遍布徽州各地的祠堂、学堂、民居等徽派建筑；更表现在徽州拥有难以胜数的非物质文化遗产，从影响甚巨的新安理学到驰骋杏坛的新安医学，从备受推崇的新安画派到徽班进京催生京剧诞生的徽剧，从浩如烟海的徽州文献到驰名全国的徽州刻书藏书，从作为全国八大菜系之一的徽菜到精美绝伦的徽州木雕、砖雕、石雕等工艺品，更有源远流长的徽州方言、民谣、民俗、楹联、徽墨、歙砚等，每一方面都构成了风貌独具、底蕴深厚的传统文化胜景。

正由于徽州具有如此不同于其他区域的丰厚独特的地域文化，堪称以儒家文化为核心的中华传统文化在乡村民间发展的典范形态，因而1987年仅从"开发和利用黄山风景资源"出发，便将其改名"黄山市"并调整行政区划，就显得过于匆忙和短视。

"徽州"改名"黄山"的负面影响

"徽州"改名"黄山",负面影响起码有以下三端。

一、不利于历史文化的有序传承和家乡情怀的维系。徽州地名迄今已有八百九十多年历史,徽州人在这方水土上创造了灿烂文化。徽州乡邦文献特别丰富,家谱、族牒、村史、县志及各类著述浩如烟海,全国许多史地类著作有关徽州的记载也数不胜数。作为一个历史悠久的地名,"徽州"早已成为中国史地文化的一部分,轻率地将其更名为"黄山",不仅各种史乘、碑刻及档案文献中记载的相关信息,易于让人产生误解,更不用说徽州地名承载的丰富文化内涵,连接着外出游子和坚守故土徽州人的家乡情感,是其抒发乡愁和认祖归宗无法替代的符号与载体。

二、现有"黄山"地名重复过多,给旅游者和文史资料记载都带来诸多不便和麻烦。徽州地区改为"黄山市"后,形成了黄山市、黄山区、黄山三个以"黄山"为主体的名称。"黄山市"为地级市,市政府驻地在屯溪区;"黄山区"指原来的太平县,区政府驻地在甘棠镇;"黄山"指黄山风景区,其管理委员会驻地在黄山风景区逍遥亭。多年来,众多没有参加旅游团的游客赴黄山,常有不知底细者误跑到黄山市(屯溪区)后,才发现黄山风景区远在70公里之外;而一些欲到黄山市办事或到屯溪老街旅游者,误乘车到了黄山区或黄山风景区的也不在少数。长久以来,人们多指责黄山地名混乱,给许多人造成不必要的麻烦和经济损失。对于文史工作者及行政人员来说,不仅要细致区分三个以"黄山"为主体的名称之间的不同,还要注意改名后的黄山区即原太平县,1983

年12月至1987年12月曾为县级黄山市。此"黄山市"与现"黄山市",又是迥然不同的两回事也。

三、不利于"徽州文化生态保护实验区"的工作推进和整体实施。

伴随国家经济发展和国力增强,徽州之域作为全国少有的中华传统文化和生活方式"活态传承"的典范地区,其独特意义和价值越来越受到社会各界的关注和珍视。2008年1月,文化部依据国家"十一五"规划设立"国家级民族和地域文化生态保护实验区"的部署,正式批准成立"徽州文化生态保护实验区",并明确其覆盖范围是老徽州的"一府六县",即除现有黄山市的区域外,还包括现属于宣城的绩溪县和现属于江西的婺源县。2010年,"徽州文化生态保护实验区"又被列入国家十大文化建设创新工程之一。

国家级徽州文化生态保护区的设立,强调对徽州地区物质形态的文化遗产、非物质形态的文化遗产,以及人们赖以生存的自然环境和生活环境等"文化生态",进行整体和立体的保护。只有实行这样的保护,才能在现代化浪潮汹涌澎湃地淹没和摧毁无数乡村的情势下,使徽州这一中国传统村落文化充分发育的典范区域,得以完整保存和持续发展。也只有实行这样的保护,徽州作为中华传统村落文化"活态博物馆"的意义和价值,才能在时间的推移中得到越来越充分地彰显。

可是,国家级徽州文化生态保护区设立八年多来,各地虽然做了不少工作,但整体推进效果并不理想。其中很重要的原因在于,保护区的范围覆盖两省三市,与现有行政区划管理体制无法有效衔接,协调难度大,不易整体联动推进。时任全国人大常委会副委员长、民盟中央主席蒋树声，时任全国政协副主席、民盟中央副主席张梅颖曾率考察组，于2012年6月对徽州文化生态保护区实地考察调研后发现，保护区内黄山市、绩溪县、婺源县三地干部群众，对恢复"徽州"名称及"一府六县"格局有着强烈的民情民意。因此，考察组在呈送中共中央的调研报告中提出："徽州文化生态保护区建设是国家文化发展战略规划的大局，应考虑适时进行行政区划调整，尽快结束徽州文化生态整体空间被肢解、割裂的现状，将现有的黄山市、绩溪县和婺源县合并为统一的行政区域，并以徽州命名。"时任国务院总理温家宝、国务委员刘延东为此专门做过批示：请相关部门对民盟中央所提关于推进徽州文化生态保护区建设的建议予以研究论证，尽可能予以支持。

"徽州"复名的积极意义和大体思路

如果说，当年将"徽州"改名"黄山"及相关区划调整，主要是为了发展黄山旅游经济，那么，长期以来人们呼吁恢复"徽州"地名，除不会损害黄山旅游业发展外，还具有多重积极意义。

黄山作为被联合国教科文组织列入世界自然遗产和世界文化遗产"双名录"的天下奇山，不会因为黄山市复名徽州市而对其旅游业产生消极作用，相反，徽州复名有助于弘扬底蕴深厚的徽州文化，实现山上"风景游"和山下"文化游"的联动，更好推动当地经济文化的发展。

"徽州"复名还能够消除上述改名"黄山"的负面影响，有利于历史文化的有序传承和家乡情怀的维系，有利于改变因"黄山"地名重复过多给旅游者等各界人士带来的诸多麻烦和经济损失，有利于"徽州文化生态保护实验区"的整体实施和工作推进。更重要的是，徽州复名在黄山市、绩溪县和婺源县均是众望所归，有较为强烈的民意基础。

多年来，徽学（或者说徽州学）、徽商、徽州文化研究长盛不衰，成果丰硕。安徽大学徽学研究中心是教育部人文社会科学重点研究基地，黄山学院有徽州文化研究所，安徽师范大学有徽州历史文化研究中心，全国各地也有多种徽文化研究会。现有的黄山市所辖三区四县中，原歙县的岩寺镇被名之为"徽州区"。不明底细者望文生义，很容易产生误解，以为此徽州区就是徽州文化的核心区域，就是徽学或徽州文化的研究对象，实际上两者相差可谓十万八千里。要消除此弊端，只有通过徽州复名恢复其原岩寺名称，或做其他调整。

"徽州"复名及相关区划调整，有三种实施

方案可供选择：其一，在现有黄山市范围基础上，绩溪和婺源回归，建立徽州市；其二，绩溪回归，黄山市更名徽州市；其三，现有行政区划不变，仅把黄山市改名徽州市。若实施第一种方案，需要在安徽与江西之间跨省协调；实施第二种方案，需要黄山市与宣城市取得一致意见；第三种方案最为简便易行，只要黄山市同意并获上级批准就行。目前存在的问题主要是，地名调整需要换牌子换公章等一定的行政成本，但这与"黄山"地名过于重复混乱每年给游客等所带来的麻烦和经济损失相比，实在是不足挂齿了。

面对黄山市更名所产生的弊端和多年来各界质疑之声，"徽州"复名及相关区划调整，实行比不实行好，早实行比晚实行好。

地名是解读历史的密码

胡野秋

中国人历来讲究"名正言顺",孔老夫子更是把此问题升格到"名不正,则言不顺;言不顺,则事不成;事不成,则礼乐不兴"的高度,在他老人家看来,名称关乎说话、做事乃至江山社稷。因此历朝历代,自上而下都对"名分"看得很重,国号、年号、地名、人名都极其慎重、极其讲究,中国历史往往就是从这些名与号中走过来。

不过后来的许多年,名分逐渐变得不那么重要,甚至成为可以随意命名、修改、涂抹的东西。在"文革"的时候,不少人一夜之间把爹妈起的名字改了,重新为自己取了红色的名字，骄傲不已。当然革命过去了，又黯然改回原名的也不在少数。这是个难以命名的时代，无论对于个人还是社会。

由此想到困扰人们已久的历史地名更迭问题，在今天中国的每个城市和乡村，几乎都在面对历史地名的消失，有的因为行政更替，有的因为物是人非，也有的因为权力审美，而且这种历史地名的消失，不是一个两个，而是一批一批。有的学者认为，再过几十年，我们和下一代讲述中国是一个"历史悠久的古国"，需要花费百倍的口舌而不知收效如何。

在所有消失的地名中，有个地名一直在日夜刺痛我的神经，这就是徽州。

不仅因为这是我的故乡，也不仅因为"一生痴绝处，无梦到徽州"已成为绝响，更因为这个地名的废除，割断了绵延千年的历史，熄灭了曾经繁盛的文化香火。

中国有三大地域学，即徽学、藏学、敦煌学。藏学、敦煌学均只对本地区或周边地区产生过有限的影响，而徽学则深刻影响过中国封建社会的中晚期，成为宋明主流文化，徽州朴学、徽州建筑、徽州古村，以及徽商、徽剧、徽医等等无不对当时的政治、社会、经济、文化产生过重要影响。

清康熙六年（1667年），朝廷把江南省一分为二，取江宁、苏州二府首字合为江苏省，取安庆、徽州二府首字合为安徽省，自此方能安枕无忧。徽州便骄傲地继续辉煌着，除了贡献丰硕的物产外，还贡献着大量的英才。

徽州没有一直辉煌下去，在1987年，黄山成为这个地区的新名字，徽文化也根基摇动，甚至安徽的省名也变得脆弱不堪。由此引起的争论、异议也如影随形地跟随了三十余年。

在我看来，地名不仅仅是一个地域的指代，

它更应该是一种文化的延续,是一段历史的承载。通往历史的途径无非几条:传说、文字、图像、实物,而地名正是连接这些传说、文字、图像、实物的秘道。换言之,地名是解读历史的密码。

而今天我们不得不面对这样的现实,就是解读历史的密码被我们弄丢了,这种"丢"甚至不是遗失,而是抛弃。遗失是被动的,抛弃则是主动的,并且我们对自己的历史抛弃得多么轻率,多么决绝。

当下在媒体上使用频率颇高的一个词是"文化自信",而现实正在一次又一次地给我们泼冷水,走在各种规模的街道上,无论是通衢大邑,还是乡村小镇,我们就连表面上的文化自信也难得看到。仅从楼盘命名上,我们随处可见的是"罗马家园",老太太们跳广场舞经常是在"曼哈顿广场",我们建造的社区也喜欢叫"欧洲城"。即使小到一个酒楼的包厢，命名都成了"维也纳""威尼斯"。一边是不伦不类的洋地名不断涌现，一边是意深词美的老地名渐次死去，这样的文化自信实在令人忧心。

复旦大学历史地理研究所的葛剑雄教授认为，"用景区名取代原来政区名称的一个理由是：改名后能够促进旅游开发，增加地方收入，这种说法完全是欺人之谈。如张家界，要是没有被确定为世界自然遗产，没有大规模的开发和投入，仅凭改一个名，就能增加十几个亿的收入吗？"

同理，黄山旅游收入的增长，是因为把徽州改名为黄山的结果吗？如果没有大众消费能力的提升、国家旅游产业的整体发展，黄山的旅游收入会有质的飞跃吗？

地名是一个地方最重要的人文资源，人文资源属于精神性的存在，而自然资源属于物质性的存在,因此人文资源与自然资源相比,具有更大的脆弱性。在中华文化复兴的大背景下,如何让徽州尽快复名,实现人文资源与自然资源的名实合一,已经成为一个不可回避的议题。

有些反对徽州复名者认为,徽州更名为黄山固然不妥,但已经生米煮成熟饭,再恢复的话意义何在?其实这是完全没有弄清楚徽州与黄山二者的根本区别。简言之,徽州改名为黄山,徽州文化便无从着落;黄山复名为徽州,黄山仍然会屹立在那里。而且因为徽州的人文景观和黄山的自然风光相结合,旅游的边界更扩大了,内容也更丰富了,此种双赢乃至多赢的局面为何视而不见呢?

另一些反对徽州复名者的说法是:恢复地名的成本太高,即使有错,也不宜再改。此种说法貌似正确无比,但实际上不经一驳。试问当初改掉历史名称时,为何不计更名成本呢?

现在恢复历史名称时倒畏首畏尾了,当初的决绝哪儿去了?犯错误时不计算成本,纠错时倒要计算成本,这是算的什么账?如果我们连纠正错误的勇气都没有,我们将来如何面对我们的后代。

地名是一方水土历史、文化、性格、品位的集中体现,是人类历史的活化石,地名的作用绝不仅仅是为了识别,更重要的是还具有教化和审美的功能,多少徽州人少小离家,却总有一个"古道缘流水,寒郊带断烟"的美丽记忆牵引着他们,可是当这种牵引被不断地人为阻隔,尤其是当属于根文化的地名已然消失时,他们只能"丽鸟飞来合羽落,归去尚欠徽州情"了。这固然令人叹惋,却也心有不甘。

也许有人会说,地名只是符号,能让人明白指向何处便达到目的。这话貌似有理,但其实不值一驳,正如人名也是一种符号,能让你识别指向何人就行了,不过谁也不想把自己叫作"狗剩"。

近些年文化旅游逐渐升温,越来越多的人开始懂得旅游不仅是去看风景,更是去看人文,最新一轮的国家机构改革,成立了新的"文化和旅游部",文化与旅游长期两张皮的局面终于结束。但旅游与文化的真正融合,并不会由于两块牌子的合并而彻底解决,但当年为了旅游伤害文化的事情,应该到了可以解决的时候了。

文化自信应该建立在足够多的自我认同、自我传承的基础上,假如我们连老祖宗留给我们的名字都丢弃了,我们还配称为华夏子孙吗?有个成语叫"敝帚自珍",在古人眼里,"敝帚"尚能"自珍",何况先人给我们留下的是如此宝贵的文化珍珠呢。空泛而言行不一地奢谈文化自信,到头来只能可悲地成为文化自卑、文化自残、文化自贱。

徽州地名消失背后的隐情

胡野秋

徽州缘何重回人们的视线?

徽州自 1987 年更名为黄山市,至今已三十年了,经过当初十年左右的激烈而无望的抵制与反弹之后,近二十年间民间对徽州之名的怀念与复名的呼吁与日俱增。前不久,李辉先生在《人民日报》上发表《地名是我们回家的路》,对恢复徽州地名提出理性的看法。一石激起千层浪,各界人士纷纷发表观点,各类媒体作出的随机民意调查均显示:赞同者居于压倒性多数。

但对于当年徽州地区如何从"徽"改姓

"黄",亲历者大都采取回避态度,语焉不详。只留下诸多流言以致揣测,甚至其中有些当事人还成为背黑锅的人。因此,在徽州更名为黄山的过程中,究竟发生了什么事,当事各方的态度究竟如何,都成为今天需要厘清的问题。有些亲历者已经隔世,有些当局者也已风烛残年,因此为那段历史留下一些痕迹记录是有必要的,因为弄清真相,会避免未来重蹈覆辙。

为此,笔者对几位当局者进行了电话访问,他们有的作为当时的省领导参加过当年的决策过程,有的参与了徽州、黄山的行政区域规划,对当时的背景与经过历历在目,虽然长期保持缄默,但面对行政区划的非议之声,以及自己年事已高的现实,认为对历史和未来仍负有还原的责任。而且他们在采访中不约而同地表示,"徽州"的复名只是时间问题,迟复不如早复。

徽州与黄山的"离婚"与"复婚"

众所周知，徽州的更名经历了一个复杂的过程，那么究竟是哪些人、哪次会议起了决定性的作用呢？

风起于青蘋之末。1979年7月，时任全国政协主席、国务院副总理的邓小平同志首登黄山，从11日抵达至16日离开，在黄山一共待了6天，并于15日在观瀑楼发表了著名的"黄山谈话"，当时参加会议的是安徽省委第一书记万里及省委常委班子，小平同志提出"把黄山的牌子打出去"的设想。16日万里书记陪同邓小平返京，省委第二书记顾卓新在观瀑楼继续主持省委常委扩大会议，用一周时间讨论落实小平指示，自此由黄山引发的中国旅游业发展大潮启动。

同年 10 月 8 日,也就是三个月不到,一个直属省政府管辖的厅级黄山管理局成立,取代了原来隶属于省机关事务管理局的黄山管理处。这是国务院对该区域行政管理体制的第一次调整。但因为同一区域两个平级的行政机构(徽州地区、黄山管理局)并存,权力与资源均构成体制性重叠与掣肘。

于是在 1983 年 12 月,对该区域行政管理体制进行了第二次调整,即撤销太平县,设立省辖县级黄山市,俗称"小黄山市"。但这次调整并未解决根本的体制问题,徽州与黄山仍然是两张皮,反倒滋生出新的体制乱局,从过去的徽州地区、黄山管理局的"二人转",变成了徽州地区、黄山管理局、小黄山市的"三国杀",管理更显混乱。

面对载道怨声,1986 年 6 月 4 日,做出了第三次动作较大的行政管理体制调整,小黄山市由徽州地区代管,黄山管理局改由省和徽州地区双重领导。

这一轮调整虽然将两张皮在朝一块贴,但仍未能根除"一仆二主"的局面,非议之声并未停息。

一锤定音的省委常委扩大会议

在众声喧哗与不断摩擦的双重背景下,围绕徽州与黄山行政管理体制的问题,已经超越了安徽省的决策层面,成为国家决策层面的事情,1987年年中召开的一次安徽省委常委扩大会议便显得至关重要,这次会议直接决定了徽州和黄山的命运,影响至今,赞与弹的反差也延续至今。

1987年5月15日,一位国务院领导来到安徽,时任安徽省委书记李贵鲜因在省外公干,省委副书记卢荣景、副省长孟富林和邵明等人陪同来到徽州和小黄山市调研,并在合肥稻香楼宾馆主持召开了安徽省委常委扩大会议,会上提出几项原则性意见:一、改革黄山管理体制势在必行;二、将黄山建成国家重点、世界著名旅游景点;三、撤销徽州地区,建立大黄山市;四、对黄山市行政管理区域进行重新划定。

据当时列席会议的时任副省长王厚宏回忆,当时会议的气氛凝重甚至有些压抑,对于前两项意见,大家具有高度共识,基本没有异议。但对于后两项尤其是第三项则争议颇大。最主要的争议在于,"徽州"是古已有之的称谓,更是构成"安徽"省名的要件,没有了徽州,徽文化、徽商等重要概念便失去支撑和载体。

不过,安徽当地官员们大都只能私下议论,会上公开表示反对者寥寥,因此时任徽州地委书记的胡云龙在谨慎地表达了异议后,便被视为地方保护主义。最后,会议基本达成一致,即撤销徽州地区,成立黄山市。

落实的效率极高,一个月后的6月9日,徽州地委、行署便向省委、省政府提交了《关于进一步完善黄山管理体制设立徽州市的报告》,从报告的题目上可以看出,反对"撤徽改黄"的徽州地委书记胡云龙还在试图做最后的努力,他在接受将徽州地区与小黄山市"合二为一"的大前提下,仍然希望合并后的名称为"徽州市"。之所以特别强调这点,在于很久以来,徽州内外的人大都把胡云龙视为"撤徽改黄"的主力推手,这位生于徽州、仕于徽州的本土人,至死都被颇多同乡怪罪,甚至有人认为他是"出卖徽州的罪人"。但在了解当时背景的知情者看来,胡云龙是背了黑锅的。

此外,还有一位媒体人不能不提到,他虽非安徽人,但对"撤徽改黄"也曾著文高调反对,他就是曾任《经济日报》副总编辑、时任

《中国建材报》社长兼总编辑的张颂甲。他在安徽采访时恰逢省里决策"撤徽改黄"之际,于是在报纸上大声疾呼,力陈徽州与黄山行政区划之弊端。

但一切还是无可挽回地发生了。

又一次高效率的落实,五个月后的1987年11月27日,国务院发出《关于安徽省调整徽州地区行政区划的批复》,撤销徽州地区、屯溪市和县级黄山市,设立省辖地级黄山市,这就是俗称的"大黄山市",屯溪市和县级黄山市则分别改为屯溪区和黄山区。

一个弊端,成为典型

第四次徽州与黄山的行政管理体制调整至此尘埃落定。

但舆论和非议却由此拉开帷幕。

更让人感到啼笑皆非的是,黄山的"改

名成功"一时成为国家发展旅游业的范例,在国家的鼓励或默许下一批历史地名纷纷改为自然景观名称:1994年大庸市更名为张家界市,2001年中甸县更名为香格里拉县,2007年思茅市更名为普洱市,等等。这种背离文化传统,一味让历史为经济让路的短视行为,可视为地名更改的一大弊端。

与此同时,湖北省也曾将荆州市改为荆沙市、襄阳市改为襄樊市,也在李辉等文化人的呼吁中很快恢复原名,可见科学决策与尊重民意在当今更显珍贵。

地名作为一个区域的文化定位,必须具有长期的稳定性、严肃性,不可随意更改。美国历史虽短却非常注重历史资源,立国两百多年,行政区划几乎没有调整,也没有更名。以加州为例,该区域曾经属于墨西哥,因此很多地名都用西班牙语命名,但被划入美国领土后,这些西班牙语的地名均得以保存至今。中国是个有几千年悠久历史的古国，历史文化遗产理应受到保护，如果继续数典忘祖，用不了很久，文化断根的危险将发生在我们这一代或下一代的身上。

徽州与黄山的名称之辩，表面上看是语词或者旅游经济问题，但根子里却是对传统文化轻视与鄙夷的显现。即使从纯粹的旅游经济发展来看，未来的旅游产业也终将从自然景观向人文景观转移，人们不仅仅去看奇松怪石，更流连的是徽派村落、牌坊匾额、文房四宝。

黄山无论你去与不去，它都在那里。

徽文化如果再不保护，它就会像徽州地名一样死去。

乱改地名就是没文化

潘采夫

近日,在全国地名文化建设研讨会上,有专家提出要抓好地名文化遗产保护工作,慎重改名,地名要记得住乡愁。之前也有学者对改名风潮表示痛心,认为丢失了文化记忆,对此我很有同感。

几年前朋友王小山路过开封,兴奋地给我发短信:"你知道我正路过哪里吗?陈留收费站!你们河南太有文化了。"他当然不是为一座收费站开心,而是这位三国迷踏入了曹操起兵之地,也是汉献帝即位前封王的地方,顿有时空穿越之喜。

中国的历史文明非常悠久,留下太多典籍

和故事,而地名是历史文化的重要载体。我小时候家住濮阳,这已然是个古老地名,战国时期就有的名字。濮阳城外有个小村庄叫戚城,村里孩子有时会和城里孩子打架,二十年后我才知道,戚城这个名字,春秋时期是卫国的重要城邑,是孔夫子带弟子住过的地方。一个小小的村庄,竟然有两千多年的历史,其名字仍沿用至今,这不是文化是什么?

十年砍柴曾到濮阳游历,这位历史学者对我掉书袋,什么郑卫之风、桑间濮上、城濮之战、澶渊之盟、八都牌坊,都娓娓道来,甚至连郑板桥当过县令的范县、孙二娘开过店的十字坡、因柳下惠得名的柳屯、出过户部尚书的户部寨等小地名,都能讲出个来龙去脉,让我对家乡陡生几分骄傲。这些动辄千百年历史的地名,并非只是地名那么简单,其中蕴含着一个国家的传统基因和文化密码,使它不因朝代和政权的变迁而割裂,这也是中国之所以为中国,几千年文明能够延续的原因之一。

所以,保持地名的延续性,是具有历史价值的做法。当然,随着朝代变迁,地名时常会发生变化,有时还规模很大,但那要么发生在历史的早期,要么改名归于失败,流传至今的,自身已带有约定俗成的文化属性,很难想象再去更改一遍了。

乱改地名,王莽堪称鼻祖。这位迷信的僭越者将未央宫改为王路堂,把颍川、河南、洛阳等古雅的地方改为六队郡,将曲周改为直周,改到最后他都认不出名字了。王莽被推翻之后,那些地名也恢复了原状。

在历史上,地名的更改往往伴随着避皇帝讳、疆域的扩张、行政区划调整,大规模改地名的时候并不多见,但是也有,中华人民共和国成立时有一拨,"文革"时有一拨,近年来又是一拨。地名不是不能改，但要尊重历史，并起得有文化。比如把汝南郡改成驻马店，把陕州改成三门峡，舍兰陵而取枣庄，明明有正定、获鹿这么好的地名，非要用石家庄，就是没文化的表现。听说河南鹿邑还想改名为老子县，幸亏是个玩笑，否则贻笑大方。

近年来的旅游热，是各地改名的一大原因，湖南大庸市改张家界市，云南中甸县改香格里拉，徽州改黄山，襄樊改襄阳，荆沙改荆州，都是这一风潮的产物。改襄阳、荆州尚属拨乱反正（当年把荆州、沙市合并成荆沙，襄阳、樊城合成襄樊，改名也真够敷衍潦草），改香格里拉和张家界未见得佳，把徽州改成黄山，舍胡适故里而取一座山名，遮蔽了名闻天下的徽商文化。

地名的更改，只是时代大变迁的一小部分，大量古地名的消失，更是令人痛心的现实。

2014年全国地名普查发布数据，从1986年以来，伴随着城市化这一"千年未有之大变局"，我国约6万个乡镇名字、40多万个村名被遗弃，永远地躺在了故纸堆里。而城市的大拆大建"功绩"也不小，2013年民政部资料显示，1980年到2003年，北京消失的胡同地名近40%，连崇文、宣武这样古雅的名字，都一夜之间踪迹不见。空间地理和历史脉络，由于地名的消失而中断，正是文化消亡的一部分。

　　历史地理学者葛剑雄很久以前就呼吁慎改地名，他认为地名是中国的历史坐标，离开了这些坐标，历史的空间就无法准确复原，国家民族和家族个人的记忆就会断裂消失。应该保持地名的相对稳定，改名需要尊重历史文脉和民意，行政乱作为将不仅为当下添堵，也会令后人耻笑。

地名与文脉存续
——以"徽州"为个例

方利山

"徽州"与"徽学"

有将近九百年历史的"徽州",岂止是一个地名而已?它是一个时间久远相对独特地理历史文化单元的名号,"徽州"承载着"新安理学""徽州朴学""新安医学""新安画派""徽州传统村落""徽州建筑""徽州三雕"等等特色文化内容,徽州是徽商文化、徽州宗族文化、徽州特色民俗文化等等的物态生存空间。

我国著名"非遗"保护专家冯骥才认为:"如果这地方有其独有的历史与命运,地名便是这历史命运的容器","如果此地有个性而非凡的文化，这地名便是对这文化的命名"。① 正是由于"徽州"千百年来比较特别的社会历史变迁，北方中原文化和土著山越文化的融合同化，正是由于"徽州"地域孕育的徽商的酵母作用巨大，于是"徽州文化"渐渐让世人瞩目，蔚成大观，"中国徽学"渐渐和"中国敦煌学""中国藏学"并列而成为引人注目的显学之一。"徽州"地名成为这一地域饱含生命密码的文化代号。冯骥才指出："如果你崇敬这地方的文化，这地名就是一种尊称；如果你对这地方有情感，这地名就是一种深挚的爱称。"②你认可"徽州文化"，你就尊重和敬畏"徽州"这个地名；你热爱"徽州文化"，你就深情挚爱"徽州"这个地名。"徽州"地名早已是所有徽州人情感、凝聚力、亲和力的潜在。"徽州"地名早已是所有

---

①② 冯骥才.地名的意义.人民日报，2001-11-13.

徽州人的"乡愁"所在。"徽州"地名是一份厚重的历史文化。宋代朱熹夫子在其著作中,至少216次署上自己的徽州祖籍,戴震、胡适、黄宾虹、陶行知……无不以"我是徽州人"而自豪,正如我国著名的地名保护专家李辉所说,地名是游子回家的路,"徽州",早已是所有徽州人回家的路。"徽"者,美好也,谚云:"生在苏州,玩在杭州,死在徽州。"连上古时的轩辕黄帝都特别景慕徽之黄山的仙境之妙,和容成子、浮丘公一道,不远万里亲来徽之黄山养生修道,采芝炼丹,在徽之黄山得道飞升,难怪安徽省省名都特以"安庆、徽州"取字命名。

正是由于一府六县(歙、黟、婺、绩、休、祁)的"徽州"地域,是千百年来凝成的一块"徽州文化"特色区域,是一个不能随意肢解的完整文化生态空间,2008年由顶层设计挂牌的国家级徽州文化生态保护实验区,所定地理范围,不仅包括现有的黄山市全境,还包括婺源、绩溪,这是六十多年来第一次在国家层面确认"文化徽州"是一个不能分解的完整概念。"徽州"地名的价值意义非同一般。

地名折腾与文脉危机

1934年蒋介石为围剿中央红军的需要,强行将从来一直属于徽州的婺源划属江西,这种不顾历史渊源、不顾习俗文化的肢解"徽州"之举,立即遭到婺源及徽州民间和官方的强烈抗议和一致反对。即使当时蒋介石曾作专文训斥,轰轰烈烈的婺源回皖运动仍腾涌不息,百姓宣示:"男要回皖,女要回皖,男男女女都要回皖;生不隶赣,死不隶赣,生生死死决不隶赣","头可断,血可流,不回安徽誓不休"。大学者胡适直指蒋介石割婺入赣的强横是"帝国主义行径",极力支持婺源返徽。在各方面的不懈努力之下，1947年婺源重被划回徽州，"徽州"地域保持了完整性。这种对精神家园的维护，植根于社会人心，是一种对文化根魂的坚守。因此当时婺源乃至徽州人都奔走相告，击掌相庆。徽州休宁的海阳、屯溪，街头鞭炮齐鸣，人头攒动，万人空巷，欢声一片。

婺源回皖运动，实质是"徽州""徽州文化"文根、文脉的群众性守护举动。

1949年后，阴差阳错，婺源仍被割离徽州。在几十年不看好中华传统文化的大氛围下，在极左思潮登峰造极的年代，不论是婺源还是歙、黟各地，"破四旧"大规模摧毁了徽州传统物态文化，徽州记忆、徽州"非遗"被横扫清除，"徽州文化"魂飞魄散，"徽州""徽州文化"文根、文脉面临断绝危机。至20世纪80年代初，婺源由于被割离徽州几十年，许多四十岁以下的村民已基本无"徽州""徽州文化"的概念，我们到婺源做徽州文化调研，当地有的官员就像怕"搞地下活动"那样对我们敬而远之。

1987年，个别官员对邓小平"打黄山牌"的指示理解有偏，加上多年穷怕了，只想着打黄山牌搞旅游可以"发财"，哪顾得上什么"徽州""徽州文化"文根、文脉，于是地级"徽州"之名被遗弃了，从来属于徽州的绩溪县又被蛮横地割离徽州之域。这种对"徽州""徽州文化"的致命肢解和绞杀，这种罔顾民心民意的长官意志，对这一地域的城市文脉的存续，后遗症是根本性的。几十年只重经济利益的"发展"思维，虽然也做了一些"徽文章"，但都是以来钱快不快为取舍的。在被分割肢解抹去记忆的土地上，要想勉力维系"徽州传统文化"的文脉，其纠结和艰难可想而知。人们痛心大量徽州物态文化遗存在各吹各号、各行其是的"开发""建设"中的损毁流失，慨叹"徽州"精神家园在不孝子孙们的漠视、颠覆中渐行渐远,一直强烈要求正本清源,恢复地级"徽州"之名,恢复地级"徽州"之实,拨乱而反正,让"徽州文化"重新有一个安身立命之所。2016年由李辉先生在《人民日报》发文引发的全国性"徽州复名"社会舆论,2017年安徽两会期间安徽省民盟委员会提交的《关于徽州复名及绩溪划归徽州的建议》,2017年全国两会期间全国人大代表钱念孙提交的《关于黄山恢复徽州地名的建议》,实质都是要从地名文化保护开始,强力守护名城中华传统文化的文脉、文根,道出了百姓心声,其正义和正当,得到社会各界广泛的支持。

"徽州"复名的紧迫性

既然"徽州"地名攸关这一地域的文脉传承,既然遗弃地级"徽州"之名、以一座山名取代城名被社会一致公认为是败笔，既然保存城市文脉对培育特色文化十分关键，为什么"徽州"至今不能复名？

2016年2月，按照习近平主席讲的要"敬畏文物""不忘本来"的重要指示，国务院召开会议，下达文件，作出部署，要求地方政府积极开展地名普查，大力保护地名文化，坚决清理整治"大、洋、怪、重"（即：夸大其词，名不副实；罔顾传统、崇洋媚外；稀奇古怪、莫名其妙；违规重名、多地使用），规范地名。这一重要举措，立足于国家的长治久安，针对多年来以经济主导地名更改、不依法而随意更改地名造成的地名乱象开展整顿，核心是保存城市文脉，守护民族精神家园。这是关系百姓最基本民生的实事和好事，充分反映了民心民意，得到人民群众的热烈拥护。

国务院1986年颁发的关于地名管理的法

规，明确规定行政区划名称"不应重名","不以著名的山脉、河流等自然地理实体名称作行政区域专名","不以本辖区内人民政府非驻地村镇专名命名"。而1987年"徽"改"黄"形成的我省"黄山市、黄山区、黄山风景区",行政区划和山名三地违规重名,市名、区名又违背"不以著名的山脉、河流等自然地理实体名称作行政区域专名"的法规,而且黄山市、黄山区驻地都不叫"黄山",违反"不以本辖区内人民政府非驻地村镇专名命名"的规定,这是三重违规。属于地名清理整治的"大、洋、怪、重"之列。

对于"黄山市需不需要改名""徽州应不应该复名",在2016年"徽州复名潮"中,人民网民意调查,民众14973人投票,支持"黄山市应改名""徽州应复名"者高达71.4%。当时徽州本土的"黄山论坛"就"徽州复名"做民意调查，结果85%的受访市民支持徽州复名；而当时《新安晚报》就"徽州复名"做民意调查，参与者5800余人，支持徽州复名的竟占93%。民心民意如此，"徽州"地名文化含金量很高，在国人心中极有分量。人们理性地意识到，支持"黄山市改名""徽州复名"，是保护地名文化、保存城市文脉，是整顿"大、洋、怪、重"地名乱象、规范地名。地名的依法规范，是最基本最重要的民生，是城市文脉守护的基础，这其中，无关"黄山""徽州"名称的优劣。复徽州之名，复徽州之实，适时调整不合理的行政区划，改"黄"复"徽"，努力争取徽州文化生态保护区和行政区划的统一，是徽州文化生态整体保护的发端，关系徽州文脉存续，不论对徽州、对安徽，对中华传统文化的光大，都意义重大。冯骥才专门撰文指出："徽州乃是令人神往的韵味幽雅的古城，一改为黄山市,就像变作一个新兴的都市,文脉中断,魅力不再,优势全无。"地名是一个地域文化的载体,一种特定文化的象征,一种牵动乡土情怀的称谓。地名乱改,"历史便会彻底荡然一空","改名易名当慎,切勿轻率待之"。①李辉先生同样一直主张,像徽州这样重要的地名,不妨恢复。《中国青年报》也专门刊发文章指出:当年"徽"改"黄",割裂了当地的传统文化,最应该恢复原有名称。黄山市复名徽州是必要的纠偏。②

问题是"徽州复名",2016年以来已是众所瞩目,成为全国地名整治、地名文化保护工作影响很大的突出个例,但时至今日,不见地方政府有相关职能部门的调研建议,只有一点

---

① 冯骥才.地名的意义.人民日报,2001-11-13.
② 王钟的.黄山市复名徽州是必要的纠偏.中国青年报,2016-06-01.

官样文章的搪塞和推挡。地方媒体也极少关于地名文化保护、保存城市文脉的宣传,"徽州复名"几乎成了敏感词。民众质疑:到底要不要坚决贯彻执行国务院地名文化保护、保存城市文脉的决策?到底要不要"搞好宣传引导,广泛动员和吸引人民群众参与地名文化保护和清理整治不规范地名工作"?我省"黄山市""黄山区""黄山风景区"三地重名的违规现实,到底属不属于"大、洋、怪、重"整治之列?我省"黄山市"市名如果坚持不改,和整治地名"大、洋、怪、重"矛不矛盾?地名重名混乱给百姓带来的损失和负面影响是不是属于百姓最基本的民生?国务院要求2017年7月地名整顿需有结果。地方政府相关职能部门应该如实反映"黄山市"三地重名的违规现实和弊端,认真阐述"徽州复名"对地名文化保护的价值意义,及时转达民间对"徽州复名"的强烈民意诉求，努力搞好地名文化保护、保存城市文脉，坚决整治"大、洋、怪、重"，这是职责所在。地方政府相关职能部门至今仍欠一个对社会的庄重交代。

总之，安徽地理位置不东不西，除了历史文化厚重、文脉绵长稍占优势，城市发展短板不少。如果"徽州"这样攸关文脉的好地名都被弃之如敝屣，还谈什么"保存城市文脉，培育特色文化"？

徽州的前世今生

舒甘来

黄山市的前身是徽州地区,地处安徽省南部、皖浙赣三省交界处,是个七山半水半分田、二分道路和庄园的山区市。总面积9807平方公里,现辖屯溪区、黄山区、徽州区、歙县、休宁县、祁门县、黟县和黄山风景区,全市总人口为148万人。

由于地理位置和历史形成的城市布局不合理,地级黄山市成立时,在徽州周围9万平方公里的广大地域内,还没有一个中等城市。徽州行署所在地屯溪北距芜湖266公里,东距杭州215公里,西距景德镇167公里,南距衢州188公里。

自秦朝建县起，徽州这块土地从鄣郡、丹阳郡、新都郡、新安郡、歙州一路走来，形成延续至清末达一千多年的"一府（州）六县"格局。

宋宣和三年（1121年），改歙州为徽州，辖歙县、休宁县、黟县、绩溪县、婺源县、祁门县，州治歙县。

从此，中国历史上有了一个辉煌的名字：徽州！

徽州山水掩映，清嵘峻茂，风光旖旎，景色宜人。一千四百多年前，梁武帝萧衍曾对徐摛说："新安大好山水，你到那里去当太守吧！"

徽州歙县籍的人民教育家陶行知曾在《徽州人的新使命》一文中说：

我们徽州，山水灵秀，气候温和，人民向来安居乐业，真可谓之世外桃源。察看他的背景，世界上只有一个地方和他相类，这个地方就是瑞士。

徽州的成名，与徽商分不开。特别是明清时期，徽商足迹遍天下，财力显赫，称雄中国商界三百余年，并带来徽州文化的繁荣昌盛。徽商部分资本输入故里，兴学助教，大兴土木，留下了丰富而珍贵的教育史话和徽派建筑、工艺等大批物质和非物质文化遗产，形成了灿烂的徽州文化。

古今以来，有多少名人学者对徽州发出赞美之声，有多少徽州籍先贤对徽州深情眷恋，有多少媒体对徽州热情追慕，有多少中外游客陶醉于这块神奇土地。

徽州徽州，不只是一个地名，而且是一段辉煌的历史，一个古代的奇迹，一个美丽的神话，一个世人追逐的梦。

提起徽州的历史，有三个概念需要弄清：

一是古徽州地区。自宋宣和三年（1121年）徽州命名直到清宣统三年（1911年）的790年间，作为州府名，徽州这一名称一直没有变更。明清以来稳定的古徽州的"一府六县"（歙县、休宁县、祁门县、黟县、绩溪县、婺源县），可称为古徽州六子，是一个相对完整、长期稳定的地域，是中国徽文化的发源地和历史厚重、最具特色的地域。

二是老徽州地区。则是从民国元年（1912年）裁府留县后直至大黄山市建市前隶属过徽州地区的县市，包含屯溪市（今屯溪区）、小黄山市（今黄山区）、歙县、黟县、休宁县、祁门县、绩溪县、旌德县、石台县、婺源县、宁国县（今为宁国市）。其间石台、旌德、太平、宁国等县隶属关系曾多次变动；而婺源县20世纪三四十年代划至江西。故至大黄山市成立前老徽州下属九个县级单位（歙县、黟县、休宁县、祁门县、绩溪县、旌德县、石台县、屯溪县、太平县），可称老徽州九子。

三是泛徽州地区。指的是秦朝设县后、徽州命名前这段历史范围内，曾和徽州有过关联的县，如江西浮梁县（唐朝划出部分地置祁门县）和浙江淳安县（东汉年间从歙县析出建始新县即淳安县的前身）、建德县（南朝梁时曾与歙县、黟县同属新安郡）等。这些县含有徽州一些基本特色，和徽州本部关系密切，但是和古徽州没有隶属关系。浙江省淳安县（原名始新县，含遂安县和淳安县），方言为徽语严州片；江西省浮梁县，方言为徽语祁婺片，古寿昌（今浙江建德市）曾属新安郡，这几个县和徽州多少存在一些较深厚的历史渊源。

除了搞清古徽州、老徽州、泛徽州地区这些概念外，还要弄清与徽州有关的两个重要历史概念：山越和新安。

先说山越。

徽州历史文化源远流长，文明的源头可以追溯到距今五千多年前。从歙县、祁门、屯溪等地出土的文物表明，今黄山市一带早在旧石器时期就已有先民生活。而在新石器时代，这里的先民们已创造原始土著文化。几千年来，先民们就已在这片土地上繁衍，他们渔猎、耕种和生殖，创造了灿烂的文化。在三千多年前，生活在这里的是古越族，这一带古越文化已日趋发达。

秦汉以前居住在长江下游及其以南广大地区的古越族，在我国南方是一个有重要影响的民族，同时又是一个内部社会发展很不平衡的支系繁多的民族共同体，故历史上有"百越"之称。正如《汉书·地理志》臣瓒曰："自交趾至会稽七八千里，百越杂处，各有种姓。"它们在中华民族形成的过程中有重要的历史地位。

春秋战国时期，尽管地域上归属多变，但种种迹象表明，在今天黄山市及其周边地区，当时仍属于相对独立的古越土著的势力范围。

山越即是汉末三国时期分布于今江苏、浙江、安徽、江西、福建等省部分山区民众的通称，是以古越族等土著后裔为核心，逐步融入汉族移民而形成的族群混合体，其汉化程度不一，社会生产力的水平也不尽相同。山越是百越的一支，依其字面意思，最初是指居于山区的古越族。

秦王嬴政二十六年（公元前221年）统一中国，秦始皇推行郡县制，设立黝（东汉后改称黟）、歙二县，属鄣郡。这是黄山市地域最早的行政区划建置，距今已有2230多年。

当时的黝、歙两县辖地很广。歙县的地域范围大致包括现在的歙县、徽州区、屯溪区、绩溪县和浙江省淳安县全境及黄山区、休宁县的一部分以及婺源县的部分地区；黝县的范围大致包括现在的祁门县的大部分地区、休宁县和婺源县的部分地区和黟县（不含太平县划入黟县的几个乡）。虽然诸多史志的表述有稍许差别，但大致范围应当如此。

东汉末年，三国鼎立。黝、歙二县属东吴领地。当时，这里的越人土著和一些避入山林的汉人，"依山阻险，不纳王租"，被称为"山越"，势力日益强大，对东吴的统治构成严重威胁。汉建安十三年（208年），吴主孙权派遣威武中郎将贺齐征服歙县金奇、毛甘，黝县陈仆、祖山等山越部落后，分歙县东乡地置始新县，南乡地置新定县，西乡地置黎阳、休阳县，加黝、歙共六县建新都郡，治所始新（故城在今浙江淳安县西）。这是黄山市地域州郡一级行政设置的开始，从此这里成为相对独立的行政区划。

山越的征服,标志着徽州前身历史上的封闭之门被打开,纳入朝廷行政管理序列。应该说,这是一个历史的进步,是徽州文明的发端。

再说新安。

西晋武帝太康元年(280年),改新都郡为新安郡,所属新定县改为遂安县,海阳县为海宁县。新安郡辖始新、黟、歙、遂安、黎阳、海宁诸县,郡治在始新县。郡名新安,一说以现祁门县新安山为名,一说取其安定之意。

新安就是徽州的前身,故后人把徽州人也称为新安人士,并有新安文化的提法。

隋开皇九年(589年),黟、歙并入海宁县,划归婺州。开皇十一年(591年),复置歙、黟两县,并置歙州辖黟、歙、海宁县,治黟县。开皇十八年(598年)改海宁县为休宁县。大业三年(607年),复改歙州为新安郡,辖休宁、黟、歙县，郡治先在黟县，后先后迁至休宁县、歙县。

唐武德四年（621年），复改新安郡为歙州，州治歙县。开元二十八年（740年），划休宁回玉乡及乐平怀金乡置婺源县。天宝元年（742年）改歙州为新安郡，乾元元年（758年）复改歙州。大历元年（766年），析黟县赤山镇和饶州浮梁地置祁门县，划歙县华阳镇置绩溪县。

宋宣和三年（1121年），改歙州为徽州，辖歙县、休宁县、黟县、绩溪县、婺源县、祁门县，州治歙县。

徽州名称的由来，一说因绩溪有徽岭、徽溪，一说"徽"为美义，一说"徽"字本义为"绳索""捆绑"。《说文》云："徽，三股绳也。"以其命名，表达了宋王朝在经过平定方腊的"动荡"之后，企望对这片土地加强约束和统治。弘治《徽州府志》卷十一载:"宣和三年,睦寇方腊既平,改歙回徽,为上州。"从此,直到清宣统三年(1911年)的790年间,作为州府名,徽州这一名称一直没有变更。

清顺治二年(1645年),徽州府隶属江南省。康熙六年(1667年)七月,康熙帝批准建立安徽省(省名取"安庆""徽州"两府首字),徽州府改属安徽省,后属安徽省徽宁道、徽宁池太道。乾隆二十六年(1761年)隶安徽布政使。咸丰四年(1854年),改属徽宁池太广道及皖南镇,因清军与太平军在这一带战斗激烈,徽州府由浙江巡抚兼辖。同治四年(1865年),复归安徽省管辖。

中华民国元年(1912年)裁府留县,徽州所属各县直属安徽省。民国二十一年(1932年)四月实行"首席县长"制,原属徽州各县首席县长驻歙县。从1932年8月至1949年4

月，原徽州的各县先后同属第十和第七行政督察区，旌德县自民国二十九年（1940年）八月与徽州各县同属第七行政督察区。1949年4月，徽州全境解放，5月成立徽州专区，隶属皖南区人民行政公署。专区治所初置歙县，后迁屯溪。全区领屯溪市和绩溪、旌德、歙、休宁、黟、祁门六县，婺源县划属江西省。

1949年10月1日中华人民共和国成立后，徽州专区仍属皖南区。除1956年并入芜湖专区至1961年重设徽州专区（1971年改为徽州地区），歙县、黟县、休宁县、祁门县、绩溪县一直在徽州专区（地区），屯溪市1953年12月属省直辖，1955年改属徽州地区。

旌德，1949年5月归徽州专区，至大黄山市成立前的1986年，一直和徽州一体（并入芜湖专区时也和徽州专区一并并入），共37年。

太平，1952年划归徽州专区，1974年划归池州地区，1980年又划归徽州，1983年成立小黄山市由省直辖，1986年由徽州地区代管，成立大黄山市后至今，共与徽州一体53年。

宁国，1952年归徽州专区，至1956年与徽州各县并入芜湖专区，1961年8月复属徽州专区，1980年改属宣城地区，与徽州一体共27年。

石台，原名石埭，1952年属徽州专区，1956年并属芜湖专区；1959年撤销并入太平、祁门两县；1965年复置，更名为石台县，属池州地区；1980年属徽州地区；1987年成立大黄山市后属安庆地区，1988年复属池州地区，共与徽州一体20年。

1983年12月，撤销太平县，所辖区域与歙县黄山公社、石台县广阳公社合并成立黄山市（县级），由省直辖。1986年6月，黄山市（县级）改由徽州地区代管，徽州地区辖屯溪、黄山（县级）两市和歙、休宁、黟、祁门、石台、绩溪、旌德七县。

1987年11月，国务院发出《关于安徽省调整徽州地区行政区划的批复》，撤销徽州地区、屯溪市和县级黄山市，设立地级黄山市。原属徽州地区的石台县划属安庆地区，绩溪、旌德两县划属宣城地区。1988年4月，地级黄山市正式成立，辖屯溪、黄山、徽州三区和歙、黟、休宁、祁门四县。

从这些历史沿革的史志资料，可得出几个结论：

一是徽州历史文化可以向前追溯自徽州设立之前的歙州、新安、山越等时代，向后可以延续至民国时期。作为地域的主流文化，徽州历史文化主要还是指宋元明清时期。

二是徽州地域虽然历史上归属多次变动，但自宋宣和三年（1121年）徽州得名以来到清朝末代皇帝宣统三年（1911年），徽州"一府六县"格局长期稳定。

三是除婺源20世纪三四十年代划归江西外，旌德、石台、太平、宁国先后属徽州管辖，成为老徽州的组成部分，与徽州有割不断的渊源关系。

徽州不仅是一个地名，而且是一个区域文化的象征，是相对独立的地理历史文化单元，是中国封建社会的大观园。1990年，徽州的黄山被列入世界文化与自然双重遗产名录；2000年，皖南古村落——黟县西递和宏村作为古徽州文化代表，被列为世界文化遗产名录；2008年1月，徽州文化生态保护实验区经中华人民共和国文化部批准，成为继闽南之后我国建立的第二个文化生态保护实验区。

徽州历史文化与徽学正在引起世人的关注，徽州文化正走向全国和走向世界。

掩卷问李白：咏的是哪座黄山？

舒甘来

"诗仙"李白从年轻时就"仗剑去国，辞亲远游。南穷苍梧，东涉溟海"，其足迹也及于今安徽的安庆至马鞍山沿江之地和徽州、黄山，清《黄山志定本》、新编《黄山志》及徽州府、县志书也收入他咏黄山、新安江和黟县等的诗作。但我要告诉你，他咏的黄山，有些并不是当今闻名遐迩的世界文化与自然双重遗产的黄山，而是另有所指。

掩卷问李白：你咏的到底是哪座黄山？

李白地下若有知，也只能苦笑：怪只怪天下黄山太多，老夫怎能每诗一一注明？

清朝学者方濬师在《蕉轩随录》中载："吾

皖据江之上游，丛山峻岭，山名同者最夥。今特表出之：安庆府西有黄山，潜山县北亦有黄山（以黄鲁直得名），太平府西北亦有黄山，庐州府东亦有黄山，而池州府西南黄山，其上三十六垣，实与歙之黄山三十六峰相峙。按：歙之黄山本名黟山，唐改今名，高三千七百余丈，盘亘三百里。人之谭黄山者，歙之外不知仍有五黄山也。"

歙之外这五座黄山，分别坐落在安庆府、庐州府、太平府、池州府，查阅有关府、县志，均有记载，可见方濬师所记，并非虚言。

安庆府西之黄山，《读史方舆纪要·南直安庆府》载："府西四十里曰黄山，当冶湖之口，形如卧象，亦曰象鼻山。"而潜山县北之黄山，正德《安庆府志·地理志·潜山二十有八》载："七里曰彰法山，其山有擢秀阁，其下有桥公亭。晴雪之旁曰黄山，其山联属天柱诸山，其上有涪翁书台。"黄庭坚是北宋著名的文学家、书法家,字鲁直,晚号涪翁,黄山上有涪翁亭,故山以黄鲁直得名。

太平府治在今当涂县,明嘉靖九年(1530年)《太平府志·山川》就有记载:"黄山,在府城西北石城乡,世传浮丘翁牧鸡于此,亦名浮丘山。山上旧有宋离宫及凌歊台、怀古台、誓清堂并浮图在焉。"李白曾到过这座黄山,并赋诗:"旷望登古台,台高极人目。叠嶂列远空,杂花间平陆。闲云入窗牖,野翠生松竹。欲览碑上文,苔侵岂堪读?"民国《当涂县志·舆地志·山》亦载:"而掩护于城北者曰黄山,在烟墩山东南二里距县西北五里,《府志》黄山,高四十丈,山如初月形,一名浮丘山,旧传浮丘公牧鸡于此……宋孝武避暑建离宫,其上曰凌歊台。"可见,这座黄山当时还有些名气。

庐州府的黄山,在嘉庆《合肥县志·山水

志》有载:"黄山,在城东南九十里,接巢县界,有泉四时不竭,亦名龙泉山,非连含山县之东黄山也。"现巢湖市苏湾镇南一华里的小黄山,是九华山的余脉,呈龙状,有泉有寺有巨木,在龙腹部一山丘上,曾有座庙,叫黄山庙,始建于明末清初,现黄山庙重建于民国。庐州府附近还有一座东黄山,《读史方舆纪要·南直庐州府》载:"黄山,府东百二十里,接巢县及和州含山县界,山有三百六十峰,周回二百余里,四时泉出不竭,俗呼为龙泉山,亦曰金庭山,一名紫微山。唐天宝中改王乔山。相传王乔尝居此,俗又讹王为黄也,山中岩洞幽胜,《道书》以为第十八福地。"

池州府的黄山,乾隆《池州府志·山川志·贵池山川》载:"小黄山,在城南九十里,高一百余丈,唐李白有诗赠黄山胡公诗。按旧志,贵池有两黄山,无'小'字,土人谓九华之西南支出为小黄山,九十里至郡城。"除了黄山,该志还载有一座"三十六山,在城南七十里,云峰六六,上插青空,若与九华兑秀然"。这和《蕉轩随录》记载"其上三十六垣,实与歙之黄山三十六峰相峙"一致,可见歙之黄山的影响之大。

歙之外五座黄山,山名始于何代,难以厘清,但延至清朝,名气终比不过徽之黄山,故后来大多销声匿迹,仅为当地所知。历史上由于山名重复,不少地方争名人,争典故,闹出不少纠纷,正如方濬师在《蕉轩随录》中所说"纷如聚讼",感叹:"我国家统一函夏,地大物博,即一省之山已可概见,况按之天下之大乎?"

李白一生颠沛流离,足迹遍及今安徽的安庆、池州、铜陵、马鞍山以及宣州、徽州等地,光涉足的山就有池州的九华山、安庆的天柱山、宣州的敬亭山、铜陵的五松山、当涂的天门山以及歙州的黄山和池州的黄山等。尤其是黄山在其诗中多处出现，由于黄山山名的重复，李白吟咏的黄山，到底是哪座黄山，颇令后人困惑，甚至引起一些争论，有些至今尚无定论。

李白有些诗中尽管有黄山一语，但从文意容易分清，如下面这首："秋浦猿夜愁，黄山堪白头。清溪非陇水，翻作断肠流。欲去不得去，薄游成久游。何年是归日，雨泪下孤舟。"

这首诗约写于唐天宝八年至十四年（749—755年），李白第三次游秋浦期间，时年五十岁左右，此时离安史之乱爆发仅几年，国家乱象已现，诗中流露出忧国伤时和身世悲凉之叹。这首诗有秋浦、清溪等地名，显而易见，诗中的黄山则是贵池附近的小黄山。

还有《宿鰕湖》一诗："鸡鸣发黄山，暝投鰕湖宿。白雨映寒山，森森似银竹。提携采铅客，结荷水边沐。半夜四天开，星河烂人目。明晨大楼去，冈陇多屈伏。当与持斧翁，前溪伐云木。"鰕湖在池州城南五十里，大楼山在池州府城南七十里，此诗所写之黄山，无疑是池州之小黄山了。

但有些诗没有明显的地名参照，就难以确定是哪座黄山了。如《赠黄山胡公求白鹇》一诗，清闵本《黄山志定本》及新《黄山志》皆收入，认定是写歙之黄山，而乾隆《池州府志》亦收入，认为是写贵池附近的黄山，并纳入《李白秋浦歌十三首》(《黄山志定本》和《池州府志》所载有稍许差异)：

闻黄山胡公有双白鹇，盖是家鸡所伏。自小驯狎，了无惊猜。以其名呼之，皆就掌取食。然此鸟耿介，尤难畜之。余平生酷好，竟莫能致。而胡公辍赠于我，唯求一诗，闻之欣然。适会宿意，因援笔三叫，文不加点，以赠之。

请以双白璧，买君双白鹇。

白鹇白如锦，白雪耻容颜。

照影玉潭里，刷毛琪树间。

夜栖寒月静，朝步落花闲。

我愿得此鸟，玩之坐碧山。

胡公能辍赠，笼寄野人还。

这胡公是歙之黄山的胡公还是池之黄山的胡公，说法莫衷一是。清代学者王琦在他编注的《李太白全集》中注说："《黄山志》中亦载李白向黄山胡公求白鹇事，以胡公名晖，未详何据？"嘉靖《池州府志》卷八《文艺》与《贵池县志》这两本志书中，也都登载《赠黄山胡公求白鹇》与《秋浦歌》。据此，有人认为：李白《赠黄山胡公求白鹇》，是作于秋浦，而非徽州黄山。但据安徽省原徽州地区博物馆考证，认为李白《赠黄山胡公求白鹇》，是作于黄山脚下、时属徽州地区太平县谭家桥乡罗村的碧山，这里多是胡姓，诗中的胡公即李白友人、曾在朝廷为官后归隐碧山的胡晖，当地还流传一个《李太白求鹇记》的民间传说。

李白还有一些咏黄山的诗，由于地理位置明确，当是歙县、太平县交界处之黄山无疑，如《送温处士归黄山白鹅峰旧居》："黄山四千仞，三十二莲峰。丹崖夹石柱，菡萏金芙蓉。伊昔升绝顶，下窥天目松。仙人炼玉处，羽化留馀踪。亦闻温伯雪，独往今相逢。采秀辞五岳，攀岩历万重。归休白鹅岭，渴饮丹砂井。凤吹我时来，云车尔当整。去去陵阳东，行行芳桂丛。回溪十六度，碧嶂尽晴空。他日还相访，乘桥蹑彩虹。"

在这首诗里，李白以丰富的想象、生动的笔触描绘出黄山壮丽多姿的景象：如白鹅岭、莲花峰、炼丹峰、朱砂汤泉等景点，还有黄帝、浮丘公炼丹羽化成仙的传说，使人如亲临仙境，美不胜收。

还有一首是写清溪和新安江的诗《清溪行》："清溪清我心，水色异诸水。借问新安江，见底何如此？人行明镜中，鸟度屏风里。向晚猩猩啼，空悲远游子。"

"人行明镜中，鸟度屏风里"，多么有诗意的句子，里面又有新安江之语，故大多认为是咏徽州新安江之作，这首诗还曾收入《徽州地区简志》。但如果弄清这首诗的历史背景和分析诗意，就知道这首诗是写池州的清溪，而新安江仅仅是作为参照物对比："清溪的水能使我心境清澈，它的水色不同于其他江水。借问那以清闻名的新安江，你那里能像这样清澈见底吗？"

李白一生性喜游山玩水，足之所至，笔亦随之。但毕竟徽之黄山，风景胜于冠黄山名之他山，故后世只知有新安黄山，歙之黄山，徽之黄山,而其他几座黄山,皆默默无闻。正如方濬师在书中引文所载:"新安山水堪游览者,在在有之。今就黄山合评之:他山如蓬门女子,裙布荆钗;黄山如天仙化人,靓妆艳服。他山如瓶花盆树,差堪娱目;黄山如牡丹万朵,芍药千枝,与玉树琼林互相照耀。他山如蔬食菜羹,萧然寒素;黄山如入五都之肆,左顾右盼,金碧辉映,但知为宝,莫指其名。他山如茆舍竹篱,自成村落;黄山如建章宫万户千门,使入者迷其所向。他山如初拓《黄庭》,恰到好处;黄山如岣嵝古碑,钟鼎奇字,虽笔笔耐人领会,而未许后学轻摹。他山之片石孤林,只如倪、黄小景;黄山则长松倚天,奇峰拔地,纯乎荆浩、关仝大家风范。总之,黄山之妙,非亲到不知。若详细写之,则合此万言,只足画遥山一角耳。"

方濬师并非徽州人,而是安徽定远人,长

期任职于内阁及总理各国事务衙门，喜好旅行，见多识广，对清代朝章国典及当时的经济文化和名山大川颇有了解。他对评价黄山的引文甚为赞许，特加按语，可见其对歙之黄山情有独钟，评价之高，皆发自内心，绝非妄夸之词。李白如地下有知，亦会抚掌称许吧！

黄山原本不叫黄山

舒甘来

古徽州的许多地名、山名、峰名、水名等,都颇具灵气神韵,追求祈福、崇奉、雅致,大都有一个动人的故事,一个神秘的传说,蕴含着人们的心理尊崇和文化信仰。

黄山的名字就是如此,她原来不叫黄山,叫黟山。

与黟山同有一个黟字的,是黟县。这个黟字,不少人不认识,干脆叫黑多县。其实,黟县、黟山的取名本来就和"黑"有关!

秦建县时,从今浙江的淳安县到江西的婺源县这块后来徽州的辽阔地域,只设歙县、黟县两县。黝、黟古代同音同义,故东汉前误称为黝县、黝山。《尔雅》云"黑谓之黝",宋欧阳修《秋声赋》云"黟然黑者"。黝也好,黟也好,都是黑色的意思。

由于历史文献和人们认知的局限,中国县名的由来,历来多说并存,没有一本地方志书敢摒弃多说,只留一说。黟县县名也是如此。如《太平寰宇记》载"黟本秦旧县,置在黟川,因名之",此为水说;《旧唐书·地理志》载"县南石墨岭出石墨故也",此为矿说;《新安图经》"新安贡柿心黑木(一种黑色心材的柿树),故以名县",此为木说;《水经注》云"浙江又北历黟山,县居山之阳,故县氏之",此为山说。但后代热衷考据的学者往往做倾向性的释解。如编撰嘉庆《黟县志》的清学者俞正燮就不同意物产命名说,指出以所谓"石墨"和"柿心黑木"名县"二说皆穿凿字义,似乎近谶"。

古今许多学者倾向的是北魏郦道元《水经

注》中的说法:"江水出三天子都,《山海经》谓之浙(渐)江也。《地理志》云:水出丹阳黟县南蛮中……浙江又北历黟山,县居山之阳,故县氏之。汉成帝鸿嘉二年,以为广德国,封中山宪王孙云客王于此……会稽陈业,洁身清行,遁迹此山。浙江又北径歙县东,与一小溪合。"

渐江,古指从屯溪三江口到歙县浦口段,今统称新安江。《水经注》这段话有四个意思:一是"江水出三天子都",古今许多学者都认为三天子都是黟山余脉的张公山(亦称率山、大鄣山),出自率山的率水是渐江主源;二是"水出丹阳黟县南蛮中",就是说渐江水出自丹阳郡的黟县,"蛮"是当时对南方山越的一种贬称。清学者俞正燮认为:"黟县山起楠木岭,脉由休宁、婺源界之三天子都,故黟地也。"笔者曾写了一篇《婺源建县地域考》(原载《徽州社会科学》2015年第10期),论证古休宁、婺源的部分地盘是从黟县析出的。说渐江水出自黟县，是有道理的。三是"浙（渐）江又北历黟山，县居山之阳，故县氏之"，史书上说的"县"的地理位置，多指县城所在地，根据文物考古和《元和郡县志》等史料记载，黟县古城在距今县城五里的古城村，居黟山之阳。四是"会稽陈业，洁身清行，遁迹此山"，和历代《黄山志》记述"汉末会稽太守上虞陈业，絜身清行，遁迹此山"相符。这些都说明，《水经注》中所说的黟山即后改名的黄山，不可能是与位于黟县县城之南同名的黟山（石墨岭）。

自《水经注》后，历代志书大多倾向于黟县县名来自黟山。《新安志》载："黄山旧名黟山，秦置黟县，取义于此。"《清史稿·地理志》载："县以黟山名，即今黄山也。"《江南通志》载："考《新安志》：黄山旧名黟山，秦置黟县，取义于此。《南畿志》从之。"《读史方舆纪要》

也说黟县县名是"以黟山而名"。

如果黟县县名来自黟山,那其一,黟山早于黟县命名;其二,或两者同时命名,一个山,一个县,都有个黟字。

这里只说了县名的由来,但并没有说清黟县和黟山为何和"黑"有关联。

为了搞清用"黟"来命名一县一山的内涵,从《史记·秦始皇本纪》中,似乎找到了答案:"始皇推终始五德之传,以为周得火德,秦代周德,从所不胜。方今水德之始,改年始,朝贺皆自十月朔,衣服旄旌节旗皆上黑。"

这句话的意思是:秦始皇按照木、金、火、水、土五行"相生相克、终始循环"的原理进行推求,认为周朝占有火德的属性,秦朝要取代周朝,就必须取周朝的火德所抵不过的水德。现在是水德开始之年,为顺天意,要更改一年的开始。

秦始皇是个很迷信的皇帝,信奉战国末期

齐人邹衍创立的神化王权的"终始五德说"。秦王室以黄帝为自己祖先所推导得到的德行，黄帝是土德，夏朝就是木德，商就是金德，周就是火德，秦朝就是水德。金克木，故商代夏；火克金，故周代商；水克火，故秦代周。

那么，水德为什么崇黑色呢？传说秦文公时，一次出猎，捕获了一条黑龙。此被视为水德之瑞，昭示着秦王朝的必然兴起。据此，秦王朝以黑色为正色，衣服等的颜色都尚黑。并将黄河改称为"德水"。

那么，黟山、黟县的命名就不难解释了：

黟山、黟县的"黟"字，其内涵应是秦始皇崇尚黑色，以黑色象征水德。江南这"野蛮"的不服管治的古越族聚居的大片山岳地带是秦始皇心中的一片阴影，崇尚黑色的秦始皇就以"黟"命名这座绵延数百里的大山（黟山），又以"黟"命名这个山之南的县（黟县），山、县同为黟色（黑色）命名，不仅和"峰岩苍黑，遥望苍黛"的自然地理环境相符，其文化内涵也应和弘扬以黑色象征的水德有关。

后来，汉朝取代秦朝，应属土德，因为土克水。而且土色黄，故汉朝尚黄色。到汉文帝刘恒时，汉朝皇帝的龙袍正式使用黄色。黄色长期为最尊贵的颜色，经汉朝四百年江山的奠定，加上终始五德说的衰落，这种帝王之色一直沿用下来。

黟山是什么时候改为黄山的呢？为什么要改为黄山呢？从"黑"到"黄"，又蕴含着什么文化密码呢？

有关黄山的命名，有多种说法，如有"山产黄精（黄蘗、黄连）得名"说以及《易经》的"方位居中说"等，这两种说法支持者不多，无须赘述。而后世学者倾向的说法是北宋《黄山图经》的说法："黄山旧名黟山，当宣歙二郡界，在歙之西北，高一千一百七十丈……即轩辕黄帝栖真之地。唐天宝六年六月十七日敕改为黄山。"自《黄山图经》之后，《新安志》及明清的诸多志书，包括徽州府、县志书和明嘉靖《宁国府志》、清嘉庆《太平县志》以及历代《黄山志》，均采用这一说法。历代尊崇这一说法，说明总有一定道理。

《黄山图经》所载，是根据《周书异记》《神仙补阙传》等道教旧籍的一个神话的传说："《神仙传》云：轩辕黄帝……乃告浮丘公曰：'愿抠衣躬侍修炼'，浮丘公曰：'……江南黟山，据得其中，云凝碧汉，气冠群山，神仙止焉……山高木茂，可为炭成药……'黄帝遂命驾，与容成子、浮丘公同游此山。"

唐玄宗天宝六年（747年），好道家之说、热衷求仙炼丹以求长生不老的唐明皇大约是迷信这个神话，出于对黄帝的敬仰，遂将黟山改了一个带道教色彩的名字——黄山,意为黄帝之山,以纪念黄帝在此山采药炼丹,羽化成仙。

如果说秦始皇取名黟山是信奉"终始五德说",尊崇"黑色"的水德,那么,到了唐朝的时候,同样是出于对黄帝和道学的信奉,将黟山改名黄山,应当是一脉相承的。这里面都隐藏着一种文化的信仰,一种对黄帝的崇拜。

唐玄宗天宝六年,将黟山改为黄山,这座山的知名度大为提高,文人墨客、信教人士游山活动也越来越多。明代以来,庙宇逐渐构建,宗教活动更加兴盛,山志、游志、诗文等文字记载也越来越多,黄山脚下的民俗活动轩辕车会自唐以来延续至今,体现了对轩辕黄帝的纪念。黄山许多宗教色彩的传说和峰名,更增添了这座神山的神秘感,成为黄山文化的组成部分。

作为世界文化与自然双重遗产的黄山,从黟山到黄山的命名,蕴涵着一种宗教的敬畏,一种信仰的延续,一种文化的象征。

何处是徽州？

诗文里的徽州

刘琼

"欲识金银气,多从黄白游。一生痴绝处,无梦到徽州。"每个人的心中都有不能实现的梦,这种欠缺感在当时是痛楚,在事后便是美感,比如汤显祖。

生在四百多年前一个江西小城,却被我们念念不忘,从"扬名""立万"的角度,汤大师倘若地下有灵,该是何等满足?但汤显祖生前怀有不能为常人道的若干不满足,所以写出"临川四梦"。从这"四梦",淘气的今人又繁衍出若干轶事野史。若无轶事,做人还有何意趣?好吧,且不说野史,说说正史。四百多年前,汤显祖僻居临川一隅,窗对"柳色青青""花光灼灼",挥笔写下无缘痴绝的徽州梦,不料想竟成为后人关于徽州书写和徽州向往的诗歌符号。临川距离徽州不足六百公里,虽需车马劳顿,何以竟不能往?好事者望文生义,推说汤显祖潦倒一生,临终恨恨不绝,因无"黄白"做旅资,所以不能踏足徽州。这样的解文是典型的不学无术。汤显祖何以不能至徽州,今人虽无法知悉,但至少可以肯定一点,即用赋比兴抒情表意,乃诗歌本事,也是诗人的本能。作为诗人的汤显祖写这首诗时,显然启用了一贯的浪漫主义写作技法,先从"黄(黄山)白(齐云山)游"起兴,到"无梦到徽州"递进铺陈,用"梦"这个汤式典型意象,书写对美好事物极度向往之情。此处,这个极度向往之美好事物,便是水墨徽州。

清康熙六年(1667年),正式撤销江南省,将其分为安徽、江苏两省。安徽因其江北有安庆,江南有徽州,取二地之首字而称安徽。我从小生活的芜湖夹在安庆、宣州与徽州中间,小的时候,常站在江边看扯着风帆的货运船压得低低地从青弋江驶进长江,船上堆着簇青的毛竹和山笋,从山里来的船老大说的话一句也听不懂,对山里便有了许多疑问。这个山里,便是汤显祖心心向往的徽州。

山环水绕的徽州固然长路崎岖,却非生在深山人不知。

早在唐宋两朝,徽州的美名凭借文人墨客的诗文不胫而走。诗文传播最得力者,应属平生最喜欢游山玩水又懂传播表达的李白。根据《李白全集编年注释》初步统计,李白一生游历安徽达十余次。从时间上看,自诗人二十岁"仗剑去国,辞亲远游",江行初经安徽,到晚年六十多岁至安徽南陵投亲,终因"此间乐",不思归,埋骨当涂青山脚下。从地域范围上,诗人先后到过皖北、皖中、皖西和皖南,涉及亳州、和州、庐州、宣州和歙州。尤其是地处江南的宣州,诗人往来最多、盘旋最久,当时宣州所属诸县均留下诗人流连忘返的足迹。在李白现存的一千首左右的诗歌中,能够考证出来的就有二百多首诗是在安徽盘旋时期写的。

从青山驱车,不到一小时,即"碧水东流至此回"的开阔楚江。再驱车两小时,便是"相看两不厌,只有敬亭山"的敬亭山。从敬亭山出发,半小时车程便是桃花潭……水墨江山,显然激发了诗人的滔滔诗情。书生人情一张纸,层层叠叠的诗句冠以李白的诗名,从盛唐流传到南宋、明清乃至今日——南宋以后,兼有徽商不遗余力的人际传播,徽州成就天下人的痴绝梦。

在不同的文化地图上,徽州都会成为一种向往,起初只是水墨江山,后来是民居建筑、雕塑艺术、文房四宝。徽州的好,是无法排遣的好。生在徽州知道它本来就好,客经徽州看到它那出人意料的好。

碧水,郁林,黛瓦,飞檐,这些诗文里千百遍吟咏的物象,还是一等一地停留在时光里。就连大大小小的村落,姓名也被呼唤了几百年。一千年前也罢,今天也好,徽州都斯文得像诗文。

在"八分半山一分水,半分农田和庄园"的徽州,这一分水的地方,诞生了一种捕鱼设施,即在河流中间某个流速恰当的位置用木桩或柴枝、编网等横砌成栅栏,把水流拦截起来,鱼游至此彷徨不定之际,正好张网捕捞。这道堤坝因这种捕鱼功用,拥有了一个形象的名字:鱼梁。比如鱼梁古埠,那是当年徽商出山最古老的码头。但鱼梁,比我们想象得还要古老。《诗经·邶风·谷风》里弃妇以愤恨口吻出现的一句"毋逝我梁",在东汉《毛诗序》里注为"梁,鱼梁"。在唐宋诗文里,鱼梁一词出镜率很高,比如,李白有"江祖出鱼梁"(《秋浦歌·其十一》),杜甫有"晒翅满鱼梁"(《田舍》),特别在南宋诗人陆游的笔下,鱼梁简直是专宠,"山路猎归收兔网,水滨衣隙架鱼梁"(《初冬从父老饮村酒有作》)、"云开寒日上鱼梁"(《冬晴闲步东村由故塘还舍作》)、"我归蟹舍过鱼梁"(《湖堤暮归》)、"处处起鱼梁"(《稽山行》)、"绿树暗鱼梁"(《追凉小酌》)……难以一一而足。

由鱼梁,我甚至想起了浮梁。浮梁一地,今人考证为江西景德镇市浮梁镇。"商人重利轻别离,前月浮梁买茶去",白居易的《琵琶行》里琵琶女痛恨的浮梁,乃市茶之地。明清以来茶叶买卖基本被徽商垄断,而景德镇恰是古徽州的紧邻;今天,景德镇麾下的婺源又是当年徽州最基本的成员。由此,可以推测,琵琶女所嫁商人大概是某一徽州茶商，"前月浮梁买茶去"，说的也是徽州地界的事。"浮梁"，本义指河水中凸起的堤坝，专指地名应是后来的事。

又比如黟县南屏村，这个始建于元明年间的古村，因村南有一道屏障似的南屏山而得名。提到南屏，我们想到了南屏晚钟。虽然全国有许多曾经叫南屏的地方，最有名者还数杭州的南屏晚钟，但我更愿意相信，这个词始发源于徽州。徽商出山，沿新安江往东，杭州是最繁华的落脚处。也是从绩溪上庄走出去的红顶商人胡雪岩，走到杭州，把买卖做大了，以致今人误认其为杭州人氏。杭州城里前三十年还特别著名的张小泉剪刀，它的创始人张小泉也是从新安江摆渡出去的徽州人。徽商进了繁华闹市，除了带去城里人喜欢的各种山货，也带去了浓浓的乡音，包括移情别用的地名。

又比如甘棠和棠樾。想到了什么？当然

是《诗经》的《国风·召南·甘棠》,"蔽芾甘棠,勿翦勿伐,召伯所茇。蔽芾甘棠,勿翦勿败,召伯所憩。蔽芾甘棠,勿翦勿拜,召伯所说"。甘棠即棠梨。这首诗记录的是西周贤相召伯的故事。召伯为了推行文王政令,深入基层,在一棵甘棠树下办公。召伯"三贴近"的作风深得民心,召伯走后,在百姓的自觉维护下,那棵甘棠树枝繁叶茂、清荫历历,人称"棠樾"或"唐樾",樾即树荫。此即典故"甘棠遗爱"的由来。"甘棠遗爱"也作"召公遗泽",意在颂扬贤明仁爱的朝政。典故原发地陕西岐山刘家塬村今有召公祠,祠内有甘棠树以及当年慈禧太后和光绪皇帝避难至此题赐的"甘棠遗爱"匾额。甘棠远荫是岐山八景之一。

地名也是文化。远隔崇山峻岭的徽州,从陕西一个典故化出两个地名,沿用至今,其间古意开枝散叶,与青山绿水水乳交融。甘棠属于太平,是太平最大的镇,今天的太平属于黄山区。太平设县于唐天宝四年(745年),县名来自《庄子·天道》中的"太平,治之至也"。宋乐史在《太平寰宇记》里说:"以地居(宣城)郡东南僻远,游民多结聚为盗,邑人患之,因安抚使奏,非别立郡邑,无以遏此浇竞。时以天下晏然,立为太平县。"环太平县的那汪碧水也叫太平湖。据史载,太平立县不久就爆发王万敌领导的农民起义,为加强治理,朝廷又割太平九乡新置旌德县,"冀其邑人从此被化",而能"旌德礼贤"。这些记载与唐代宪宗时的宰相李吉甫在《元和郡县志》的记录一致。永治是执政者的愿望,太平才是天下人的愿望。

徽州人对于生为徽州人,有着异乎寻常的自觉,他们对徽州是"与有荣焉",只念"生死相依"。李白的诗歌固然令人浮想不已,但毕竟是客居的创作,是游历的心境,少了些植入血液的深情。"故园东望路漫漫,双袖龙钟泪不干",还是胡适这句诗入心入肺。至于在江西和安徽两省之间几番进出的婺源,近一百年来不断地发起"返徽"运动,便是例证。当年蒋介石政府出于"剿共"需求,于 1934 年将徽州的老成员婺源划入江西,后因婺源民众不断发起"返徽"运动及同乡胡适等人奔走努力,抗战胜利后的 1947 年重新划回徽州。但仅仅两年之后,新成立的中华人民共和国又将婺源划入江西。半个多世纪过去了,今天的老婺源人还坚称自己是安徽人。

面对这样的坚持,不知为什么,我想到了徽州驴。

从这十本书开始认识徽州

绿茶

李辉的文章《徽州，归来吧！》在网上引发热议，《人民日报》、澎湃新闻等介入采访、报道和评论，徽州复名渐成文化热题。本书单从海量徽州书籍中精选十本，一起走近徽州上下两千年。

《徽州上下两千年》，屯安东、余敏辉著，黄山书社 2013 年 11 月版

历史上的徽州是个无比神奇的地方，在这 1.2 万平方公里的弹丸之地，既有造诣精深的名儒耆宿、政声卓著的干吏名臣、享誉四方的艺苑名流、学富五车的文坛才俊，也有卓有建树的科

技群彦、身怀绝技的能工巧匠、炙手可热的商界巨贾,还有才华横溢的名媛闺秀、识见超凡的隐士名僧,等等。这本书有意避开"徽州史"的名称,而以"徽州上下两千年"冠名。作者将两千多年徽州发展的各个时期中最重要的人和事分别加以专题介绍,以"史话"形式呈现给读者,从结构的安排、章节的命名到文字的表述,该详则详,该略则略,不紧不慢,就像听作者讲故事一样。

《徽州》,王振忠文,李玉祥摄影,生活·读书·新知三联书店2000年1月版

徽州的民俗与文化,当然不是一座老房子就能代表得了的。它是富有活力的,一如当年行走于大江南北的徽商脚下的路,在年复一年的流转中,输出了徽州朝奉,竖起了贞节牌坊,也带回"宰相故里"的盛名,还有那难以胜数的豪宅巨富……而徽州的凝固,又如同今日破败的宗祠前光秃秃的旗杆,在八面来风中无言矗立。长街

小巷里的寻常人家,依然保有祖辈的风雅,听得见不绝于耳的稚子书声……本书以图文随记的形式,向大众传播徽州文化之精髓,复苏久远的历史场景。

《延续与断裂:徽州乡村的超稳定结构与社会变迁》,唐力行著,商务印书馆2015年10月版

16—20世纪上半叶,徽州乡村社会曾长期保持社会稳定和繁荣,即使偶有战争、动乱,也都能迅速恢复社会稳定。探讨其原因所在,无疑具有相当的借鉴意义和现实意义。本书搜集和挖掘整理的方志、谱牒、笔记、契约、文书、碑刻、档案等史料,对近代徽州社会稳定的内在和外在原因进行了综合性考察,对徽州内部结构的稳定表征和发展机制做了视角独特的阐述和深入探讨,并通过对徽州几个村落的具体研究,揭示近代徽州乡村自治的规律和特点。

《皖派学术与传承》，徐道彬著，黄山书社2012年3月版

本书所论范围既是对清代学术发展史的探讨，也是对徽学研究深层次问题的初步挖掘。事实上，乾嘉学术的探研与"皖派"学术的揭示，本来就是一而二、二而一的问题。这本书探讨"皖派"学术不同时期的代表人物及他们的思想，如戴震、绩溪胡氏等，作为"皖派"学术的代表，他们身上折射出的"皖派"学风也是研究中国学术史不可忽略的角度。

《明清徽州宗族史研究》，［韩］朴元熇著，中国社会科学出版社2009年12月版

韩国学者朴元熇在一次"全国徽学学术讨论会"后，对徽州学术深深着迷，对那些再现明清社会的徽州乡村住宅和街头小巷念念不忘。在欧洲历史上，越是接近近代，血缘组织及其社会功能越是弱化。而在中国，在商品经济发达的16

世纪,血缘组织为什么反而会扩大强化呢?这一疑问激起他强烈的研究热情,从这一疑问出发,他不知不觉开始了明清宗族史研究,从此欲罢不能。就此,他从《方氏会宗统谱》进入,通过对歙县方氏家族进行深入的个案研究,探讨并揭示有关宗族制度的学说,即用微观的方法分析某个特定地区和宗族,将个案研究结果与宏观考察整个中国社会所得的诸多结论相比较。

《明清徽州农村社会与佃仆制》,叶显恩著,安徽人民出版社1983年2月版

作者采用文献资料和田野调查相结合的研究方法,在披阅大量丰富的徽州文献材料和各种徽州民间契约文书的基础上,吸收了历史学、社会学、人类学和经济学等学科的理论与方法,对徽州的历史地理、徽州人的由来、徽州历史上人口与土地变动、明清时期徽州土地占有关系和乡绅阶层、徽州商业资本、徽州的封建宗法制度、徽

州的封建文化、徽州的佃仆制等问题进行了深入而全面的探讨和研究。在这部著作中，所涉及的徽州研究，几乎囊括徽州文化的所有课题，成为20世纪80年代徽州学兴起的奠基之作。

《都市文化视野下的旅沪徽州人（1843—1953年）》，徐松如著，上海人民出版社2015年5月版

以旅沪徽州人作为研究对象，对徽州人在上海的活动情况做一个长时段的研究，时间的上限定为1843年，下限为1953年，全面且系统地梳理百余年间徽州人移居上海的历程、规模、组织形态、经营活动、社会交往、身份认同以及与家乡之间的关系等内容。通过对上述内容的研究可以发现，徽州人适应和融入上海本土社会的过程也即是徽州文化传播的过程。

《积极分子治村：徽州村治模式研究》，张世勇著，山东人民出版社2009年1月版

2000年前后，中国农村悄悄地发生了一场巨变，这是千年未有之大变局。本书介绍了徽州一个普通村庄的村庄历史、乡风民俗、村民生产生活，讲述了一系列饶有趣味的村庄"故事"，着重分析了村治积极分子产生的内生机制及其所发挥的作用。通过积极分子这个关键词，我们将不难理解为什么一个"空壳村"不仅公共品供给良好，而且村民自治的制度实践也达到了较为理想的状态。

《徽州：书业与地域文化》，《法国汉学》丛书编辑委员会编，中华书局2010年4月版

介于书籍和文献之间很难界定种类的家谱，在徽州通常被制作成精良的印刷品，因此值得作为地方印刷史的研究对象。这类不以阅读和传播作为目的的"非书籍"更是史学史和社会史的重

要资料。从印刷的角度来看，它们也印证了其形式的多样性。这本书研究徽州在书业上不凡的贡献，在中国书籍印刷和传播方面，徽州都具有重要的地位。在附录中，还有有关徽州文书的近期研究的综述，应该对进行徽州研究的学者有帮助。

《清代徽州藏书家与文化传播研究》，张健著，安徽师范大学出版社2015年8月版

除了印制书，徽州的藏书文化也非常深厚。清代徽州府境内和境外藏书名家辈出，特别是不少旅外名宦、发迹的儒商，他们当中许多人注重收藏古籍，不少人成为中国藏书史上的名家、著名藏书楼主人，素来有"海内十分书，徽州藏二分"之誉。这本书对清代徽州私家藏书来源、藏书特点、藏书楼、徽商与藏书、藏书与刻书、藏书成就及其文化传播等进行全方位的论述。

徽州许村，古村落走出四院士

徐玉基

如果一个家庭出了四个博士，你可能会认为不足为奇；但如果一个村子出了四个科学院院士，你就不得不另眼相看了。这个村子就是徽州歙县的许村，一家出四个博士和一村出四个科学院院士，都在这个古村落。关于许村，他们已出了两本厚厚的村志，我也在前几年和朋友合作出版了一本《箬岭古道明珠：许村》。现写几个小故事，让读者一窥许村的神奇。

卜居的故事

徽州古村落，都是经古人认真择址建设的。选得好兴旺发达，选不好破败衰落，选址和定居都要卜卦。

许村的一世祖名许知稠,他的父亲许儒是唐朝最后一个吏部尚书。唐王朝灭亡后,许儒带着家人从雍州南下避乱,到了歙县的黄墩。据王安石所撰《古歙许氏宗谱传》载:"唐亡,远孙儒不义朱梁,自雍州入江南,隐居歙之黄墩,终身不出焉。生稠,迁许村。"

许儒因"黄墩之地,避居者众,然异姓群处,势难久居",为让子孙有一个久远之基,许儒"遍询卜术择居",结果"得名术言:四君求居饶歙二州,杨、昉、洛、董,富贵之基也"。这四个地方是歙州婺源县的杨村、歙县的昉源、饶州乐平县的洛口、休宁县的董源,四子各居一处。当时在场的长子许知柔、四子许知节拜而谢曰:"果得其地,世不忘矣。"

第二个儿子许知稠卜得歙县昉源,即今之许村,还有一段传奇。风水先生只是占卜出一个理想的栖息地,至于"杨、昉、洛、董"具体在何方,还不得而知。许知稠一次途经黄山余脉箬岭,在岭头的一家旅店里吃饭,同行的一位客人饭前打开一帧画拜祭,然后用餐。许知稠感到奇怪,就上前去询问,客人说,这是睢阳太守许远的画像,许远与张巡在安史之乱中死守睢阳,不幸遇难,我敬他丹心贯于日月,随身带着这幅画像,每日祭拜。许远正是许知稠的先祖,此时忽来一阵风将画像吹到岭下的昉源去了。许知稠于是找到了"昉"地,在此奠定了富贵之基。此事载于许氏《重修宗谱·弁言》。

许村那时称为昉源,因南北朝时梁的新安太守任昉曾定居于此,故名。流经村中的两条小溪,一条名昉溪,一条名升溪(取自任昉字彦升)。昉源果然是一块宝地,称为"四神地",左青龙,右白虎,前朱雀,后玄武,山势和水

许村风光（许琦摄）

势都十分适合人类居住。许氏入住后，人口繁衍，兴旺发达。宋代初年出了个许元，中了进士，官至天章阁待制，修了族谱，请当朝宰相王安石作序，并改村名昉源为许村，一直沿用至今。

墙里门的故事

许村许氏共有十八个门派,墙里门是其中一支。为什么叫墙里门呢?说来是一个辛酸的故事。

这个故事代代相传,至今已六百多年了。许村一座古老的宅院,见证了一个女人与世隔绝生活了五十多年的传奇。

明洪武年间,官至五品知府的许伯升和五个兄弟都是做官经商的,最小的六弟许周安娶了个年轻貌美的夫人胡氏。谁知天有不测风云,许周安婚后不久,出门经商暴病身亡。那年胡氏才二十岁,已有孕在身。

一个月后,许伯升将弟妇叫到堂前,问她是愿守节还是愿再嫁。夫人胡氏当即表示愿意守节。

第二天,许伯升即唤来泥水匠,先在后院

打了一口井,定名为"福泉井",而后绕住宅砌起一圈围墙,墙上不开窗,使居宅与外界完全隔开,形成了奇特的"墙里门"。围墙上只有一小门与外界相通,供佣人出入,平时是紧紧锁闭的。胡氏与佣人在完全封闭的古宅里消磨青春岁月,族人隔几天送些柴草粮食蔬菜和日用品到小门前,由女佣搬运进屋。

明洪武二年(1369年),胡氏生下一子,取名"天相"。她备尝艰辛,抚孤成人。天相长大后,刻苦读书,官至观察使。他多次向母亲提议拆除围墙,母亲没有同意,几十年来已经习惯了,拆不拆已没有什么意义。

明永乐十九年(1421年)72岁的胡氏离开人世,52年未出家门一步。

朝廷有感于胡氏夫人的事迹,多次提出立坊旌表,而胡氏夫人都未同意,"贞节之后,朝廷每欲立坊以旌,而胡孺人遗愿不许也"。这就是胡氏夫人伟大之处。封建朝代女人视牌坊为最高追求,而胡氏夫人执意不竖牌坊,推测她的本意,是不愿天下女人再过她这样的生活。不过她的故事,如一座看不见的牌坊,世世代代流传,每每在人们心中掀起波澜。

那口井当时取名"福泉井"。母亲逝世后,许天相见邻里乡亲吃水要到远处河里去挑,十分不便,便叫人将自家居屋西北角围墙拆去,将福泉井置于院墙外,供村人共用,那口井至

福泉井(许琦 摄)

今犹在，井水犹甜，仿佛向人们诉说当年的故事。

胡氏夫人去世近五百年后，许氏后人写下了感人至深的《墙里门记》，用石碑铭刻镶嵌在墙里门的墙上，这段往事至今还引发人们深深的叹息。

四院士的故事

许村与徽州其他村落一样，十分重视读书。俗语说"三代不读书，不如一窝猪"，因此徽州教育十分发达，所谓"十户之村，不废诵读"。许村曾出了三十多个进士，与重视教育是分不开的。

早在南宋，村里的富户许文籍就创办了"双桂堂"书院，供村中子弟入学，不久双桂堂出了两名进士——程元凤和方回，前者官至右宰相，后者是著名的诗人。再往后，许文籍的儿子和孙子及另两名许氏子弟相继中了进士，一个私塾出了六个进士。人们都说许文籍善有善报，投巨资办教育，荫及子孙。

时间到了清代末期，又一个"善有善报"出现在许村。当时任两淮盐运使的许家泽，在废除科考之后，接受新思想的影响，在家乡投巨资建设了"仪耘小学校"，仿照南京育才小学校建设，培养了以中科院院士许根俊为代表的一大批人才。他们中医师、教授、工程师、编辑等高层次人才的名单一大串，一个小学校培养了如此多的人才，可见其教学质量之高。

许家泽投巨资创办现代小学，种瓜得瓜，种豆得豆，善及天下，福泽子孙。长子许本震，留学德国，获耶纳大学哲学博士学位；次子许本纯，留学美国，获伊利诺斯州大学博士学位；四子许本学，留学日本，获东京帝国大学博士学位；五子许本谦，留学德国，获汉堡大学博士学位。一门四博士成为村子的骄傲。

一村四院士也成为人们津津乐道的美谈。他们是中国科学院院士许根俊，毕业于上海复旦大学，从事生物化学研究，1991年当选中科院院士，曾任中国生物化学与分子生物学会副理事长。中国工程院院士许国志，美国堪萨斯州大学博士，1955年与夫人蒋丽金冲破美国政府的阻挠，回到祖国，先后任职于中国科学院力学研究所、数学研究所等，1995年当选中国工程院院士。中国科学院院士蒋丽金，许村媳妇，许国志夫人，1951年获美国明尼苏达大学博士学位，与许国志同时回国，从事化工研究，1980年当选为中科院院士。美国科学院外籍院士许靖华，美国地质奖章获得者，伦敦地质学乌拉斯坦勋章获得者，1986年成为美国科学院外籍院士。定居瑞士的许靖华多次回许村探亲，捐款修建了许村历史博物馆。

双寿承恩的故事

许村有15处国家级文物保护单位,牌坊占了近一半,其中有一个牌坊叫作"双寿承恩坊"。建于明代隆庆年间,坊主是一对寿星夫妻,享年103岁的许世积和101岁的妻子,夫妇均活过百岁,在当时算是奇迹。

双寿承恩坊(许琦 摄)

许世积没有功名,也没有做过官,但他仗义疏财,扶危济困,为人所崇敬。他慷慨捐资办教育,使村中穷儒生得以深造。他在世时,村中出了三个进士,都受过他的资助。其中许琯因家贫,求学期间几欲中断学业,许世积不但按月供给用费,还与他彻夜长谈,鼓励安慰,许琯后来考中进士,官至从三品,致仕回到许村后,也仿效许世积,在村中办起了"白果书院"。许世积还经常慷慨解囊,为穷人解困。徽州府修建万年桥时,官府要按人头交捐,许世积知道后,上书官府要求改按田亩交捐,可以减轻穷人负担,并带头捐款修桥,百姓都感念他的恩德。一次,族中不肖子背着父亲把田卖给了许世积,其父知道后大为惊恐;许世积不但立即把田契还给了这户人家,已付的银两也不要了。诸如此类的事迹还有很多,因此许世积在村中的威望很高。

时明穆宗在位,在全国提倡"瑞侣"(夫妻高寿之意),歙县许村的许世积以夫妻高龄89

岁、87岁,且德高望重,上报朝廷,旌表为"人瑞之侣",敕封"征仕郎晋赠奉直大夫",赐建"双寿承恩"牌坊。如今"双寿承恩坊"仍立在村中,其精致的设计、精湛的工艺,成为牌坊中的精品。

许村此类记载很多,彰显了行善积德的乡风。他们将善行记入族谱,旨在让一代又一代的子孙发扬光大。

歙县昌溪：唐伯虎名画换水龙

徐玉基

在北京大概很少有人知道昌溪这个徽州古村落，但是提到王府井大街上的吴裕泰茶庄，则老北京人都耳熟能详。这个创建于乾隆年间、延续了二百多年的老字号，是昌溪徽商创业的楷模，而今还在车水马龙的京城中心延续她的辉煌。徽州歙县的昌溪村，商人们把茶叶生意做到全国，让自己的家乡也闻名遐迩。

2009年8月20日，昌溪村迎来了一件有意义的大事。中国消防博物馆在这里举行隆重的受赠仪式，受赠了该村的一台老式消防水龙。这件见证国家消防事业发展的文物，将由国家永久珍藏。

昌溪全景

为何这台水龙如此珍贵？原来它的来历不同凡响。

让我先带领诸位领略昌溪的魅力，回头再来讲那水龙的故事。

徽州有许多典型的古村落，有一本书叫《徽州五千村》，可见徽州古村如星罗棋布。所谓典型的徽州古村落，大体上有这么几个要素：一是历史悠久，大多在唐宋时期建村；二是民居为徽派建筑，房屋、祠堂、庙宇、道路、水系布局合理；三是比较富裕，徽商较多，有经济实力；四是文化底蕴深厚，书院学校遍布，科举名人多；五是聚族而居，宗法制度严密。昌溪便是其中一个著名的古村。

昌溪村位于徽州歙县南乡，有"歙南第一村"的美誉。从村头到村尾，整整六华里长。徽派建筑鳞次栉比，大小道路蜿蜒曲折，古树名木生机盎然，两条溪流穿村而过。悠悠岁月，使这个村庄积淀了厚重的文化，传承了古老的风俗，也留下了精美的建筑和珍贵的文物。

与徽州其他村庄一样，昌溪的先人们重视"风水"，选择了宜居的环境建村。按照"枕山、环水、面屏"的环境要求，村庄选址、格局、风貌都体现了徽州人的智慧。村庄背靠"来龙山"，五座山峰成为村庄的靠山，挡住了北方的寒风，避免了"北风吹得人丁散"。村前是七十多米宽的昌源河，日夜不停地流淌着清澈的河水，在西边拐了个弯，形成了天然的水潭，有聚财生金的态势。靠山沿河建造了几百幢徽派民居的昌溪，因为形似一只翩翩飞舞的蝴蝶，所以人们亲切地称她为"蝶形村"。先人们曾选取昌溪风景绝佳处命名为"昌溪八景"："昌桥步月""枫林夜读""西山积雪""沙墩垂钓""二水环西""九子巷歌""福山撞钟""花楼竞秀"，并赋诗绘画，村人引为自豪。

昌溪自唐代建村以来，已有一千多年历史。最早入住的有叶、姚、朱、方、王五姓村民。宋代淳熙年间，吴氏先祖见昌源河山水潆洄，寻到昌溪，认定是风水宝地，于是在村中购得墓地一块，二子结庐守墓后遂在昌溪定居。元代末年，朱元璋兵败曾到这里休整，村中吴氏慷慨资助。朱元璋登基后，为吴氏宗祠"太湖祠"题写了"第一世家"匾额。吴氏遂逐渐发达，繁衍成为村中大姓。另一支吴氏也在宋代定居昌溪，周氏在元末入住，后代也兴旺发达，多有作为。昌溪人读书经商入仕，名人辈出。徽商经商致富，慷慨回报家乡，把个村庄建设得花团锦簇。

昌溪得自然地理之胜，风景秀丽。村周围青山隐隐，鸟语花香；昌源河水清澈见底，时见游鱼；村庄与山峰、河流融为一体，成为一道美丽的风景线。每到春天，漫山遍野的油菜花、桃花、映山红竞相开放，真乃鲜花盛开的村庄。虽经"大跃进"年代大肆砍伐，村中还是保留了许多古树名木，百年乃至千年的奇树约有百株。河边沙墩上的一对千年"龙凤樟"，直径各达3.3米，亭亭如青罗伞盖。奇就奇在两棵树同种不同属，龙凤绝非"近亲婚配"。村头有一株"槠怀樟"，老槠树怀抱中长出小樟树。此外还有相向伸枝的"鸳鸯槐"，四干同根的"四友樟"，五百年的罗汉松，堪称徽州最大的槠树王，百年树龄的红花油茶树……最为神奇的是村中心"忠烈庙"后的千年银杏树，五人合围之粗,高达43米。1982年,村中小孩玩火,引燃已朽的树心,大火烧了十多个小时,调集了本县和邻县的救火车,灌水七小时尚未扑灭大火,幸亏天降大雨,才保住大树未遭彻底毁灭。主干虽毁,侧枝犹健,至今仍年年长叶结果。

历尽劫难的千年古银杏

昌溪的古建筑凝聚了典型徽派建筑的精华。村中保存完好的古民居尚有201幢，其中20多幢古祠最具特色。建于元代的"太湖祠"，气势雄伟，用料精良，主厅的两根楠木大柱柱围达5.1尺，屋脊的八条鳌鱼栩栩如生，更有精美的石雕、砖雕、木雕。大门坊上有明太祖朱元璋御笔亲题的"第一世家"匾额。建于清代的"寿乐堂"，规模稍小，但建筑艺术更为精湛。柱梁全部选用优质柏木，正梁长13米，高1米，用一棵大树制成。天井围栏的12块石料，选用带自然石纹的景纹石。祠前的木牌坊，除顶上的瓦和柱脚的石以外，全部用柏木制成，近二百年风吹雨打不腐不烂，堪称中华一绝。村中巷陌相连，黛瓦白墙，古民居鳞次栉比，历经数百年风雨，更凸显出它的魅力。其中还有宋代的酒楼茶肆，窗前雕栏用柏木条制成"福、禄、寿、喜、富、贵"字样，十分罕见。光绪年间

寿乐堂建筑群

建造的"福安堂",模仿北京建筑专修而成。抗战期间,著名作家臧克家受昌溪籍校友之邀,曾来此小住,并写下了《福安堂游记》,发表在当时的《东方杂志》上。

古人讲究积善积德,历代昌溪富户捐赠了大量钱财,在村中建造了很多公共建筑。村中道路和村外大道全部用青石板铺成,横亘于昌源河上的五孔石桥,是民国初年所造,十分精美。元代在村中建造的"忠烈庙",供奉了徽州人信仰的"汪公大帝",庙前广场用各色石英、云母、鹅卵石拼成"丹凤朝阳""鹤鹿同春"等四幅地画。蜿蜒流过村中的"双龙戏珠"两条溪流,呈"品"字形的"三元及第"古井,依北斗天罡布局的"七星水塘",还有诸多古井、古塘。村后山脚下的防风防盗石墙,上镌刻"众志成城"四个大字。可以看出,昌溪古建筑与文化融为一体,处处透出徽州文化的深邃内涵。

昌溪徽商致富之后，重视建学校，办教育，鼓励子孙读书，村中至今还有一处叫"庠里"的古地名。富而学，学而仕，是昌溪在封建社会中发展的轨迹。据记载，仅人口不多的周姓一脉，自明永乐至清光绪四百年间，就出了4名进士，19名举人，23名贡元，74名秀才，有"父子同榜""叔侄甲科"之美誉。著名的经学大师吴承仕，曾任北师大教授，他在清王朝科举终结后又举行的全国考试中，获殿试第一等第一名，时称朝元，相当于科考时的状元。吴承仕是章太炎两大门生之一，时誉为"北吴南黄"（黄即黄侃）。吴承仕后来接受马克思主义，加入了中国共产党，坚持抗日宣传。中共七大追认他为革命烈士，毛泽东亲撰挽词"老成凋谢"。还有著名女画家吴淑娟、创办中华武术会的同盟会成员吴志青、获彩虹翻译终身成就奖的翻译家吴云森、著名书法家吴进贤……

名人辈出，彰显出昌溪的钟灵毓秀。

昌溪又是徽商发祥之地，明清时代徽商中就有"吴茶周漆"之说，即是指昌溪经营茶叶的吴姓商人与经营油漆颜料的周姓商人。

"吴茶"名甲天下，主要是两个家族，一是歙南首富吴炽甫及其远祖所开辟的茶业贸易，他们以京都为基地，向全国各地辐射，产业遍及南北，成为当时徽州最大的茶商。另一支是吴承仕太祖吴启琳开拓的茶叶生意。吴启琳在赴京会考时，弃仕途而从商。其子吴道隆在京城开设吴裕泰茶店，并在天津设有分店，生意长盛不衰。除这两支外，还有众多昌溪茶商遍及全国各地。杭州的七十家茶行中，昌溪茶商的九家店号吞吐量占了杭州茶叶的"半壁江山"。

"周漆"的美誉，涌现出了油漆大王周友仲和颜料大王周宗良，他们在上海、宁波经营颜料、油漆生意，名噪中外商界。中央电视台前几年播放的电视连续剧《向东是大海》，即以周宗良事迹为内容。

官商儒众多，经济实力雄厚，家藏也就丰富。加之长期较少战乱和自然灾害破坏，许多文物得以保存，有的属全国独一无二的珍品、孤品。村中藏有海瑞亲书"务本堂"堂匾、康有为手书"实事求是"匾、李鸿章"一门忠烈"匾、宋徽宗加盖御玺的宋宣和二年画像、马克思《资本论》中提到的唯一中国人王茂荫亲撰的"十二官员祝寿序"，还有象牙朝笏、苏绣龙袍、嵌象牙床等文物。昌溪一老妇将自己的"猫眼"宝石献给国家，1970年发大水时一妇女捡拾到内有黄金首饰的"百宝箱"及时上交国家，这些都久久地传为佳话。

现在我们回到开头的话题。昌溪这样繁华的村庄，加之建筑密集，都为砖木石结构，防火尤其重要。为了防范火灾，村中自古建立了一套防范机制,例如建筑的防火墙格局,家家户户备有水缸,冬天的打更巡查制度,火警警示呼叫措施,村中更是建立了一支义务灭火队,每年进行操练,一旦有事,立即出动,曾成功地扑灭了多起火灾。清代末年,村中即购买了一台德国制造的人力灭火水龙(水泵),发挥了巨大作用。到中华人民共和国成立初期,这台水龙因破旧不堪使用,亟待更新,可是缺少经费。昌溪人毅然决定用珍藏在祠堂中的四幅唐伯虎名画去换水龙。这四幅画是清代末年一村人收藏的,他临死前怕此画流落他处,提出由祠堂收藏,成为祠堂公产。1957年,村中派人去上海博物馆,将唐寅名画《游女儿山图》《高山奇树图》《茅屋风清图》《雪山行旅图》,作价1600元出售给上海博物馆,购买了上海震旦铁厂制造的一台手摇消防水泵及警报器、水带等消防器材。如今,这件演绎了一段传奇的、具有特殊意义的消防水龙已捐赠给中国消防博物馆，让历史记住昌溪村民为消防事业所做的贡献。而另一台更老的德国产水龙，依旧静静地躺在昌溪的"寿乐堂"，它像一位历史老人，见证了昌溪百年来的历史变迁。千年古村落昌溪，有着太多太多的故事。

徽州过年，清清吉吉

徐玉基

中国人过春节，形式大同小异，无非是贴春联，祭祖宗，走亲戚，演大戏……徽州人过年到底祈盼什么呢？是发财，是旺家，还是幸福，抑或是各有所求？我心里刻的，倒还是老一辈人挂在嘴上的两个字——清吉！——或四个字——清清吉吉！

说起清吉，已经离我们渐行渐远了。不要说年轻人不知道"清吉"为何物，连一些专家学者也搞错。

1991年，一位集邮家在安徽屯溪的旧货摊上，淘得一封民国初年的家书。那是在北京的大茶商吴炽甫回乡探亲时，在天津的孙子写来的。这封载明宣统九年(实则是民国六年)的信,记述了张勋复辟时的京津状况。只有数百字的两张小宣纸上,写下了三个"清吉"。先是告知自己"孙等旅津清吉",其次是告知"孙父居京来函亦云清吉",最后问候在老家的"弟妹清吉"。谁知道那个专家在文章中,统统把清吉写为"清洁"。

"清吉"的意思是清平吉祥。这个词起源于何时不大清楚,元代以前的经典著作中不见此词,元代杂剧中始多见。现见到的元至正十一年(1351年)的青花花瓶,是一件证物。这是一位信徒献给庙宇的,上面明确地记载了所祈求的内容为"合家清吉 子女平安"。毛泽东在中华人民共和国成立初期给湖南亲友回信,也常使用"清吉"问候。

"清吉"一词在徽州的普及性,恐怕要居祈愿词之首。读小学的时候,邻居一位老太太孤身一人生活在家中,她的女儿在苏州,每月给她寄五元生活费,每每收到钱后,她便拿一个信封、一张信纸、一张邮票,要我给她写回信。我那时只是小学二三年级水平,还写不出信来,只好由她讲一句我写一句,简单得很,无非是钱收到,我很清吉,也希望全家清清吉吉。长大后回忆起此情此景,发现"清吉"二字能量是如此之大,好像能包容天地,老太太全部的感情和希望,都溶化在"清吉"二字之中。

我的祖母也是钟情于"清吉"二字的,她是清末出生的人,但家里记载从不写大清××年生,也不写公历××年生,而是称为"民前××年"生,与前面讲的"宣统九年"有异曲同工之妙。单从这一记载,就可考较百年前中国人的心态,既与封建王朝划清了界限,又与洋事物保持距离。祖母在家里有人生病遇险时,总会在夜晚烧一炷香几页纸给去世多年的我的祖父，求保佑全家清清吉吉。多少年后，我们都没有忘记祖母的这点恩情，相信她对我们是感情很深的。

"清吉"使用如此普遍，那么在徽州农村最为重大的节日春节，更是成为节中的主题。

在徽州过年是一件大事，仔细回想一下，一年忙到头，除了维持生计外，好多努力都是为了过年。开春的时候，就要计划养猪、养鸡、养鱼；种甘蔗、种芝麻、种大豆……这些都要提前谋划。农家少的是钞票，一般物事都是自己动手丰衣足食。到了农历十二月，地里没有农活了，整个村庄都在忙于筹备过年。做冻米糖，做白米糕，做豆腐，做油馃，杀猪腌腊肉，放塘水捉鱼，忙得不亦乐乎。走在村中，到处热气腾腾，充满活力，似乎感觉村庄有了灵性。或许这就是过年给一个村庄和这个村庄的人带来的幸福生活吧？过年，岂止是吃吃喝喝玩玩，它的博大精深我们还远远没有研究透彻。在这段日子里,许多妇女挂在嘴上的一句话是"一个十二月我多少忙",话是这样说,那隐藏在话里的幸福感也是满满的。

厅堂布置当然也要围绕"红红火火,清清吉吉"这八个字进行。有条件的人家,挂起了架子灯(类似于宫灯),换上了较新的对联字画。其他如烛台、花瓶、碗盘、酒具、桌围、椅垫、拜垫、饭甑等等都要搬出来清洗摆放。饭甑中要煮一升米的半生半熟的饭,饭上插天竺的红籽和碧绿的枝叶,还有圆柏枝。木头花瓶里同样要插这三样东西,有红有绿,寓意非常明显。红的寓意红火,绿的寓意清吉。青、绿与"清"始终结缘。徽州人把天竺称为"青竺影",很多人家都在房前屋后有栽培,冬天时,果实成熟,鲜红夺目。圆柏是柏树的一种,但叶子是圆的,树木高大,品种稀缺,但是我村里有好几棵。

中堂上要挂祖宗容像。这容像也是徽州一大特色，其实就是一幅虚拟的人物肖像画。上面一般有一位乃至几位翁妪的形象，老翁身着官服，老妪是一品夫人打扮，代表着列祖列宗。每年春节要把容像请出来，张挂在堂前，整个春节期间，每天都要烧香跪拜，家中老太太还要说上一段话，无非是请祖宗保佑全家清清吉吉，可见祖宗并不是光来享用丰厚祭品的，还肩负着护佑全家清吉的重任。

过年最为丰盛的一顿饭当然是除夕的合家聚餐，很多地方都叫"年夜饭"，可是徽州地方就叫作"封岁"，也叫"分岁"。一年中最后的晚餐，自然要拼尽全力制作，放开肚皮享用。这顿饭一般不邀请亲戚朋友，只是自己家庭成员，因为每家都要团自己的圆。"封岁"的菜谱也是很有讲究的，尽管各家不同，大致有这么些花头："瑞气千条"（煮粉丝，内有肉丝、笋干丝、豆腐丝)、"金玉满堂"(煎豆腐片加未煎的老豆腐片,一黄一白合煮)、"基业稳固"(炖老母鸡加几棵菜心)、"岁岁有余"(红烧鱼)、"金榜题名"(炖蹄膀)、"肥水自留"(红烧肉)、"情意绵绵"(蕨糊)。最为激动人心的那道"清清吉吉",其实是一盘煞青碧绿的炒青菜。但这是最为重要的一道菜,不但不可或缺,而且人人都要吃到,只因为青菜的"青"谐音"清","吉"谐音"鸡",而鸡最爱吃青菜。一盘菜,美好的寓意全有了。所以这道菜成为徽州"封岁"盛宴上久传不衰的招牌菜。任你是叱咤商界的巨富,还是二甲传胪的进士,回到家乡过年,无不要品尝这道"封岁"名菜。一道菜如果只是一盘美食,它的价值只有营养和滋味,只有能够承载"清清吉吉",那才是天下第一美食,你不服都不行。

　　大年初一了,孩子们穿上新衣服时,已经

拿到新年"第一包"了,那是父母于昨晚睡觉前塞在枕头下的。徽州的红包上必定插一枚小小的天竺叶,意思无他,"清清吉吉"而已。走亲戚的人也开始行动,人们互赠礼物。与平常送礼不同,还要在礼物上放一张红纸条,插一枚天竺叶,意思也是"清清吉吉"。记得小时候村中一位孤寡老汉,初一起早就会挨家挨户"打发财"。"打发财"其实是一种变相的乞讨,徽州人是耻于要饭的,但这个老人是个外来户,流落在我村,一年当中也只上门这么一次。每到一家,必定在门口大喊"发财哦!",那家人家就会给些米馃、豆腐一类食品,他接过后,也必定会说:"清清

徽州红包

吉吉!"没有一家会落空,而所有的人家都会得到"清清吉吉"的祝福,而且是新年的第一声祝福。

从初一夜晚开始,村里的大戏就相继开演。初一的正戏之前,还有两个传统的保留节目,一个是"开台官",一位身着红色官服的演员,在锣鼓声中手舞足蹈。另一个节目是舞狮子,领舞的英俊汉子尽情展示舞大刀、舞绒球等绝技,并引领狮子做出高台翻筋斗、凌空喷火焰等高难度动作。随后便是每夜一出大戏,全部是京戏,如《水淹七军》《辕门斩子》《击鼓骂曹》《打金枝》等等,我还在《红鬃烈马》的《彩楼配》一折中扮过抢绣球的公子哥,当然只是个跑龙套的,只有几个字的台词。台下卖甘蔗的,卖麦芽糖的,卖馄饨的,卖炒花生的,煞是热闹。虽然人挤人,有踩掉鞋子的,有丢掉帽子的,还有打翻火熜(一种手提烤火用具)

的，但是没有吵嘴打架的。人们心中都有一根底线，那就是过年一定要清清吉吉。

一直到正月十八，年才算过完，所以有"十八脚"之说。过年的物什收起来了，心也收起来了，人们又开始投入新一年的艰辛，接下来就是每年难熬的"清水三月"。对大多数人来说，升官发财暴富出名那都是十万八千里以外的事，徽州人讲究实际，清吉比什么都好。就是那些官宦富商人家，祈求的也不是发财一类。《儒林外史》中描写徽商厅堂里的对联是"几百年人家无非积善，第一等好事只是读书"。徽州留下的精神财富，例如名人经典、族训、家训、治家格言、厅堂对联等，无不是要人们行善、读书、扶危济困。人们把美好的愿景和心中的期盼，浓缩成"清吉"二字，何尝不是一种大智慧呢。

徽州民国第一祠
——祁门渚口"贞一堂"

吴孙民

在徽州,有村落的地方就有祠堂。祠堂皆为追远报本而建,建筑规制上体现出礼尊而貌严,规模上则显示出宏伟而气派,基本上居于全村的中心位置。时至今日,祠堂仍是徽州现存古建筑中较多,且最引人注目的一类。

祠堂不但有精美的外观,而且蕴藏着丰富的文化内涵,折射着古徽州千百年间的政治、经济和社会影响。被誉为"徽州民国第一祠"祁门县渚口"贞一堂"亦是如此,既是当地人的祖祠,又是岁月流年中留给世人的一笔宝贵财富与精神归宿。

"贞一堂"是祁门渚口倪氏贞一支派的宗祠，位于该县渚口乡渚口村内。坐落在村中央，坐北朝南，占地1200多平方米，是一座三进七开间的大祠堂。据史料记载，"贞一堂"始建于明，清兵入关后，毁于兵火。康熙十二年（1673年）重建，康熙十四年（1675年）落成。宣统二年（1910年）正月十六日因燃放爆竹引发火灾，除门前"道士巾"外，全部被毁。1912年，族人倪尚人捐巨资重建。

"贞一堂"用料精良，规模宏大，雕刻精美，整个祠堂由108根大柱支撑，取三十六天罡、七十二地煞之意，被誉为"徽州民国第一祠堂"。据村人介绍，享堂东西两山墙脊柱取料于一根树木，享堂正脊高22.2米，可见该树本是一株高达30多米、树围粗2米余之参天大树，可称得"天下第一柱"。

在倪氏宗族中，每一个考取举人以上功名

的子孙，就可以在宗祠前竖一对旗杆鼓，光宗耀祖，昭示后人。这些旗杆鼓石有大有小，有的上面还刻有"进士"两个大字。

"文革"中，倪氏族人为保护这些旗杆鼓，将它们统统搬到村前面的河里，用泥沙埋起来，才免遭破坏。直到前几年（1998年）"贞一堂"被列为省级重点文物保护单位之后，确认不会再遭破坏时，村民才陆续从河里挖出旗杆鼓搬回放置原处。18对旗杆鼓，18个举人或进士，小小一山村，如此人才济济，可见这里是个藏龙卧虎的风水宝地。

在徽州，女性入祠是非同一般的事件。尽管入了谁家门就是谁家鬼，但也不能登堂入室。历史上，徽州几个大村落有感于徽州女人节孝，专门立祠，比如棠樾就有女祠，呈坎宝伦阁在祠堂一角分出一小块算作女祠。女性单独一祠，但不是坐北朝南，而是坐南朝北，显示对男性地位尊让。"贞一堂"不同,是平起平坐,真是破天荒。相传这就是村中富商倪尚荣副室金氏拿出终身积蓄,建立了祠堂后堂的天池换来的结果。

"贞一堂"因其历史悠久,体量宏大,用材精良,雕刻精美,规模完备,保存较好,具有较高的艺术价值和历史价值。1998年5月被安徽省列为重点文物保护单位。

如今的"贞一堂"似乎渐渐与人们的生活疏离了,它或许不再是一种信仰和依赖,而是凝结着一个姓氏的血缘标本,一个在岁月中归于沉默的文物。来来往往的游客从它的"躯体"中走过,在它高悬的匾额中品读这个宗族的历史,在雕刻的技法和隐喻中赞叹先人的智慧,在斑驳的墙体和裂痕深刻的木柱前轻叹岁月洗礼的沧桑。

那些曾经与"贞一堂"如此亲近和依赖的

人们已慢慢走远。它看着时光更迭,曾经的童颜慢慢转为白发,那些曾经在这里欢笑看戏的人,最后只在它的身体里留下名字的墨痕,以另一种方式表达他们的信仰。

那些徽商老字号

吴孙民

说到中国的品牌,很多人第一反应都会想到徽商的一些老字号。徽商诞生于东晋,成长于唐宋,盛于明,是中国十大商帮之一。徽州人创立了诸多品牌,很多品牌现在都是"中华老字号"。这些"老字号"大多已经有数百年的历史了,具有很强的文化价值和经济价值,是中华民族传统文化的瑰宝。下面,我们就一起来看看这些徽商老字号的"前世今生"。

胡庆余堂

"江南药王"胡庆余堂,系清末"红顶商人"、徽商胡雪岩于清同治十三年(1874年)

创建,地处杭州历史文化街区清河坊,是国内保存最完好的晚清工商型古建筑群,系徽派建筑风格之典范。整个建筑形制宛如一只仙鹤,栖居于吴山脚下,寓示"长寿"。恢宏的建筑,辉煌的大厅,精湛的雕刻,以及它特立独行的经营格局至今风貌犹存。

一百三十多年过去了,胡庆余堂国药号始终秉承"戒欺"祖训和"真不二价"的经营方针,已成为保护、继承、发展、传播祖国五千年中药文化精粹的重要场所,是杭州人文历史文化不可或缺的重要组成部分。胡雪岩开创的经营之道、经营技巧以及胡庆余堂百余年沉淀的中药文化,也多有著书立说或拍成电视剧广为颂扬称道。1988年胡庆余堂被国务院定为全国重点文物保护单位,2002年胡庆余堂上榜中国驰名商标,2003年胡庆余堂被认定为浙江省首届知名商号,2006年胡庆余堂中药文化入围首批国家级非物质文化遗产名录，国药号也被商务部认定为首批中华老字号。

石翼农

石翼农，安徽中药老字号，创立于明崇祯十三年（1640年），距今已有三百多年历史，素称"中药泰斗"。当年徽州绩溪石家人在屯溪黎阳西镇街创石翼农号，后转给休宁黄姓卸任官员，称黄翼农。相传崇祯皇帝南巡时水土不服，上吐下泻，路过石翼农时进店寻医，谁料进店诊脉无疾，症状消失，顿觉神清气爽，大喜，留字"百年石翼农，长寿万年康"。民间自古流传"有疾无疾石翼农转几圈，健康长寿一身轻"的佳话。

清光绪十年（1884年），黄氏将石翼农与屯溪下街分号再转绩溪县旺川石钟玉、石鸣玉兄弟，改店名为石义兴，三年后更为石翼农，民国二十四年（1935年）店号售租予汪松友、王庆如等四人，店名改为老翼农。民国三十五年（1946年）后业务逐渐萧条。中华人民共和国成立后，1956年公私合营改为国药商店老翼农门市部，1970年合并迁至屯溪老街，1985年恢复老字号"石翼农"。现"石翼农"为安徽百年老字号。

同德仁

同德仁，徽州老字号药铺，位于今黄山市屯溪老街。创办于清同治二年（1863年），距今已有一百五十多年历史。最初，由上溪口程德宗和隆阜邵远仁合伙开设，店员仅五六人，以经销中药批发为主，兼坐堂行医。店名"同德仁"，既包含两人名字，还寓意"同心同德，办事仁义"。初期比较兴旺，后因店东失和，经营管理不善，加之用人不当，药店两度蚀本，难以继续维持。光绪十五年（1889年），经过股东协商重组，并起用账房程燮卿当管事（经理），药店重新得到振兴。

"同德仁"于1982年10月恢复老店号，现悬挂的金字招牌，是派人去黟县渔亭分店仿制的。据老店员介绍，两处店号匾额系出自一人之手。店堂内一切按原老店布局出新，店中悬有仙鹿图，窗棂上刻有"灵芝瑞草""橘井流香"八个鎏金大字。遵古法制，恢复传统方式，生产国药膏、丹、丸、散。目前该店经营中药材一千多个品种，中成药二百多个品种。

胡开文

"胡开文徽墨"以"色泽墨润、历久不褪、抿笔不胶、入纸不晕"之特点而驰名国内外，为"中国四大名墨"之一。胡开文徽墨创基于乾隆三十年（1765年），迄今已有二百五十多年历史。"胡开文"墨业的创始人是胡天柱,原名胡正,字柱臣,号在丰,安徽绩溪县上庄乡人。乾隆四十七年(1782年)承继汪启茂墨店。胡天柱接管墨店后,回想到孔庙内"天开文运"匾额的象征意味,于是撷取中间两字,将"汪启茂墨店"改名为"胡开文墨庄"。

20世纪30年代,胡开文墨庄得到迅猛发展,除休宁胡开文墨庄、屯溪胡开文老店外,先后在歙县、芜湖、汉口、长沙、九江、安庆、南京、镇江、扬州、杭州、上海等地,或设分店,或开新店,其经营范围几覆盖大江南北,至此徽州制墨业呈胡开文一枝独秀之势。

胡玉美

"胡玉美"家族原籍徽州,康熙六十年(1721年),一世祖胡文彬举家迁居怀宁,并在当地做起酱货的小本买卖,由此开启了家族经营酱货之端。

一代酱王胡兆祥出生于清朝嘉庆乙丑年（1805年）安庆城集贤门外一个制作酱货的小作坊家庭。他的祖籍在徽州休宁县万安镇。清道光十年（1830年），开始在本地走街串巷，肩挑贩卖酱货，继而开设"四美"酱园、"玉成"酱园，后在安庆商业中心四牌楼创办"胡玉美"酱园（"玉美"是店号，既以之志前人创业之艰辛，又寓之以"玉成其美"之意），至今已有一百八十余年历史，是一个负有盛名的中华老字号企业。

张小泉

张小泉，徽州黟县人。明崇祯年间，张小泉率子张近高来到杭州大井巷生产祖传剪刀。由于采用浙江龙泉的好钢作原料，又经过精心制作，打出来的剪子锋快耐用，与众不同，取牌名"张大隆"剪刀。清康熙二年（1663年），改名"张小泉"剪刀。杭州的张小泉剪刀非常出名，以至于家家户户均有一把，而在服装行业，更是人手一把张小泉裁剪刀。

张小泉去世后，其子张近高继承父业，为保护切身利益，在"张小泉"名字下加上"近记"二字，视为正宗。乾隆年间，"张小泉近记"剪刀已列为贡品。清宣统三年（1911年），张小泉剪刀以"海云浴日"注册。至中华人民共和国成立前夕，张小泉剪刀店濒于停业。1956年，张小泉剪刀等32家剪刀店实行公私合营，建成"张小泉近记"剪刀总厂。1958年6月，改名"张小泉近记剪刀厂"。"张小泉剪刀"以选料讲究、镶钢均匀、磨工精细、式样精美、经久耐用而著称，名扬海内外。2006年5月20日，张小泉剪刀锻制技艺经国务院批准，列入第一批国家级非物质文化遗产名录。

吴鲁衡

清雍正元年（1723年），徽州杰出历史人物、曾经享誉世界的罗经大师吴国柱（1702—1760），字鲁衡，于休宁县万安镇创办吴鲁衡罗经店，至今已有近三百年历史。吴氏祖孙世代传承着"吴鲁衡"品牌，特别是吴氏第七代传人吴水森、第八代传人吴兆光，既能秉承家传，又擅于创新，制作的"吴鲁衡"牌罗盘系列产品以质量上乘、精密度高而畅销国内，远的甚至已销往新加坡、日本、美国和中国台湾等国家和地区。老店罗盘选用徽州稀有的虎骨木材料，采用祖传工艺，经选料、车盘、分格、清盘、写盘、油货、安针七道工序手工制作而成，尤其是罗盘指针采用独有的天然磁石磁化，具有灵敏度高、永不退磁等性能。其产品还将书法、美术、徽雕等艺术融为一体，使产品有更多的"文化味"，别具一格。

1915年，"吴鲁衡"罗盘、日晷在巴拿马万国博览会上展出，获得金奖。2006年5月，万安罗盘制作技艺入选首批国家级非物质文化遗产名录。2010年，万安吴鲁衡罗经老店商标"吴鲁衡"被商务部认定为"中华老字号"。

良书声声唤徽州

于志斌

我的徽州是好多图书。有一些图书是别人责编的,有一些图书是我责编的。它们都是我曾经工作的黄山书社的出版物。

依照出版时间,举出几本书的名号吧:

《明清徽商资料选编》,是古今中外第一本徽商资料,分类辑成,出版后很轰动,上了《参考消息》,是徽商研究里程碑式作品。

《徽州墨模雕刻艺术》,中英日文对照,异常精美,收录了徽州三雕之一的用于制作墨雕的墨模之传世精品。

《徽州地区简志》,是当代官修之唯一徽州志。在其出版过程中,徽州地区已在撤销、黄山市已在建立过程中。

《黄山旅游史话》，这是黄山市成立后一位有心人适应新城市发展需要，潜心编写的一本徽州历代旅游史话。其实是文不对题。

《中国历史文化名城——歙县》，是一套丛书，12本；它有"两精"：一是精确地表现了歙县丰富的地方文化特色，无不印上了"徽州"的符号，多方面弘扬了徽州文化；二是精巧的整体设计，从拟题、内文编排、图文互动，到书籍装帧设计以及函套包装，呼应了历史上产生"徽版""徽刻"的歙县地方文化。

以上一些图书如今在网上都加价销售，价格增幅不一。我都有。在当下呼唤徽州归来的日子，我时常想到这些图书。

不久前，安徽人民出版社出版的《徽州文化史》三巨册，在国家出版基金资助项目结项验收评审工作中获得了"优"。我立即向出版社表示祝贺。

《中国历史文化名城——歙县》是责编王筱燕女士赠送,《徽州文化史》是丁怀超兄赠送。《中国历史文化名城——歙县》有"两精",前已介绍,《徽州文化史》三卷有三十年不被超越的价值,他们为弘扬与传播徽州文化扎实做事,值得敬佩。

在图书方面,徽州何曾离开我辈?在我,徽州也从来没有离开过。我身体离开了安徽,到了深圳。朋友们知道我的乡情之思很重,还会给我捎带或者邮寄徽州的土产,如茶叶、笋干、小核桃;品尝它们,别有一番滋味在心头。

我把一些反映徽州文化的图书,记录在我的随笔集《山海文心》(2002年5月版)中,包括《明清徽商资料选编》《徽州墨模雕刻艺术》《中国历史文化名城——歙县》《黄山画人录》《渐江资料集》《明清人游黄山记钞》《徽州历史档案总目提要》。我也常常翻阅之，沉浸在徽风皖韵之中。

徽州驻扎在许多人的精神家园。现在，徽州仅仅驻扎在精神家园，已经不行了。因为许多人不仅要求精神回家，还要求身子也应当回家。我赞成在安徽省行政区划中恢复"徽州"这一地名。

初赏齐云山石刻

于志斌

齐云山在安徽省休宁县境内,又称白岳,东西绵亘十五公里,景区面积六十多平方公里。山上奇峰峻拔,风光秀丽,历史上为道家洞天福地、道教圣地之一。

历代踏屐登临齐云山的文人雅士很多,他们触景生情、挥毫题咏,留下了众多的摩崖石刻和碑刻。这些石刻主要分布在天门岩、真仙洞府、三天门侧、玉虚宫、岐山石桥岩等处,其中年代最久远者为北宋大中祥符年间(1008—1016年)的崖刻;数量最多是明、清两朝石刻。

石刻内容有赞颂齐云胜景的,有褒扬开山

有功者的，有记述游山观感的，也有介绍名胜古迹的。这些石刻，流派纷呈，风格各异，正、草、隶、篆、行书各体兼备；其笔法或丰润饱和，或云拥风削，或潇洒豪放，或柔婉秀逸，或刚劲傲骨，或飞龙走蛇；刻工精练娴熟，不失原作神韵。1984年，经安徽省文物部门普查，全山尚存崖刻三百零五处，碑刻二百三十二块，古石坊七座，修复石雕造像二百余尊。齐云山摩崖石刻为安徽省重点文物保护单位。

郁达夫，浙江富阳人，现代著名小说家、散文家。1934年4月3日，乘兴登游齐云，被奇峰怪崖、清涧幽洞和琳琅满目的摩崖石刻、千姿百态的神像所吸引，挥毫颂咏，不仅为齐云山留下了隽永的诗作，还写有一篇文情并茂的游记《游白岳齐云之记》。在诗作《齐云岩》中，郁达夫咏齐云山石刻：

> 万历崇祯迹留新,断碑无数纪明臣。
> 珍珠帘外桃雨落,日落空山独怆神。

齐云山从唐代得到开发以来,便吸引了无数的骚人墨客、虔诚信徒。历代著名人士如程珌、朱熹、程敏政、唐寅、徐霞客、袁枚、黄宾虹等相继登临。骚人墨客触景生情,赋诗题词;虔诚信徒慷慨解囊,竖碑为记。这也是我们民族文化的一个传统——"人过要留名"使然。摩崖石刻算得上齐云奇趣之一了。郁达夫先生这首诗,便是在他登山后倾心品味齐云石刻的热情赞美之颂歌。

齐云石刻遍布全山,犹以罗汉洞、紫霄岩、石桥岩一带为多,明、清两代的碑刻和石刻,占总数的百分之八十以上。齐云山碑刻和摩崖石刻均为阴刻,有擘窠大字,也有工细小楷,少者一字,多者千文。如天门岩石的"寿"

字题刻，仅一字，字径达2.3米；而玉虚宫左的"紫霄岩玄帝碑铭"碑，长7.6米，宽1.4米，碑文多达千字。这些碑刻和摩崖石刻，有着极高的书法价值。如竖立在一天门旁，为明代万历年间新安太守崔孔昕所书的诗碑，不仅诗句绝佳，行草更是龙飞凤舞，气势雄浑。而尤为珍贵的"紫霄岩玄帝碑铭"，由吴门才子唐寅撰文，新安书画名流汪肇、戴铄篆额书丹。碑文虽多达千字，但小楷书法工整苍秀，一丝不苟。异峰绝壁上的摩崖题字，如"天开神秀""奇峰独拔""亘古奇观"等，更以它遒劲的笔法、宏伟的气魄，令人叹为观止。

齐云碑刻和石刻在内容上，或赞美山上奇丽景色，寓情于景，如朱熹的"山行何逍遥，林深气萧爽。天门夜不关，池水时常满。日照香炉峰，霭霭烟飞暖"；吴讷的"云破石门开，青青烟树来。江东好山水，天上出楼台"；郑师山的"名冠江南第一山,乾坤故设石门关,重重烟树霓云里,簇簇峰峦缥缈间";唐寅的"霜林着色皆成画,雁字排空半草书"。或宣扬道家的学说和清静无为的思想,如绍熙道人明镜的"菩提本无树,明镜亦非台,本来无一物,何处惹尘埃";占轸光的"无从何处来,更从何处去。岩前看白云,欲辩浑无语""鞭石石成桥,去天天咫尺。试问往来人,何如鹤一只"。或为兴建宫观、捐款修路的记载,如明代嘉靖时的"御制齐云山玄天太素宫之碑",歙人汪道昆为建无量寿宫所写的"无量寿佛赞"碑,金大镛的"云岩开辟兴复记"等。

诚如郁达夫先生所咏,"断碑无数纪明臣"。

齐云山石刻和自然景观融为一体,形成一条引人入胜的书法长廊,站在紫霄崖下、石桥岩头,"细摩苍藓读碑铭",真令人叹为观止!

舒余庆堂考察记

于志斌

舒余庆堂坐落在安徽黟县龙江乡屏山村,该堂始建于明万历年间,为五开间大祠堂,占地六百多平方米。大门正面是水平型高墙,墙上用水磨砖砌成双柱三楼贴墙的牌坊,高约十米,砖柱呈棱形,月梁砖雕玲珑剔透,简朴大方。祠堂三进,主要构架均为银杏木,大柱直径六十厘米,梁头柱间斗拱、梁下替木,瓜柱均镂有花饰,檐下一排斗拱层层叠承,形成藻井,较完整地呈现出明代建筑风格。

黟县舒氏为大族。在宋代,曾有两名舒氏成员中进士。在明清两代,该族逐渐形成了以屏山为中心的族居态势。明末,舒氏成员的舒荣都任御史。他正直敢言,因为弹劾魏忠贤专权乱政,被乡人视为荣耀,立于祠堂。此后,黟县舒氏主要转为经商,为流布于全国的徽商之一脉。舒余庆堂得以保存下来,与黟县屏山舒氏经商成功者助修祠堂等举有相当的关系。从清乾隆至民国年间,舒氏中有"服贾江西"的舒立悌(字阶升),"几遍楚疆"的舒秉畿(字建中),"幼商广东"的舒德兆(字谦吉),"贾于饶州"的舒朝昌、舒遵刚父子,以及"经商江右"的舒大信。

其中,舒德兆在归里后经管祀会——管理祠堂用的祭祀费用,他将屏山舒氏祀产增加了数倍,乡众叹服。舒遵刚的父亲行商在外,因病而卒。遵刚"扶榇归里悉如礼"。他不仅重礼如此,平素在乡里还以宗族礼法训诲后进,"疏财仗义之事指不胜屈"。甚至在客商饶州时,倡导并助修当地的朱文公(熹)书院。舒大信在乾隆十六年（1751年），因岁歉回到乡里，出资修建道路、书院、寺庙，以及筹措祀产等，颇多义举。舒余庆堂得到了本乡商人的协力维持和经营，方能传存至今。

由于相同的自然因素和社会因素，在今存的徽州明清建筑中，徽商的印迹都是相当显著的。

徽商中的一部分人具有"贾而好儒"的风貌。他们在发家致富后，为乡里助修书院祠堂、道路桥梁，赈灾助饷，扶孤恤贫等；自己稍有余暇，读书不辍。徽商"好儒"的重头戏则是"重宗法"。贾、儒的结合，不仅由"重宗法"起到推崇保护祠堂的精神作用，而且使徽商易于和封建政治势力黏合在一起，这使徽商们所在的宗族祠堂保存下来的保险系数就更大了。可见，"贾而好儒"是件好事。今人游赏明清徽州建筑，也当作如是观。

许国石坊小记

于志斌

许国石坊在皖南古老的歙县城内,是一座精致雄伟的青石牌坊,跨街屹立。该坊为明廷表彰历仕嘉、隆、万三朝的大学士许国平叛"决策有功"所赐建,时为万历十二年(1584年)。坊为方形,四面八柱,俗称"八角牌楼"。

牌楼南北长11.54米,东西宽6.77米,它是仿木构造建筑,结构严谨而奇巧,布局合理而独特,形制颇为罕见。牌楼由前后两座三间四柱三楼和左右两侧单间双柱三楼的石质牌坊组构而成。所用石料厚实,且为坚硬的青色茶回石;梁枋、斗拱、拦板、雀替等也都选用重达数吨的大块石料。石坊每一柱子、梁枋、匾额、斗拱、雀替都装饰有精细优美的雕刻，它们是夺珠戏水之玉龙、展翅翱翔之凤凰、腾云凌空之麒麟、环基而立之雄狮……神态各异，造型多姿多彩，十分古朴豪放、别致细腻。坊上还布置了对称和谐、明快淡雅的图案；镌刻有"恩荣""先学后臣""上台元老""大学士""少保兼太子太保礼部尚书武英殿大学士许国"等字样，这些字出自明代著名书画家董其昌的手笔。

石坊上的题字，基本上已概括了许国的官场履历。但是，许国却是徽商子弟。

许国的父亲是一位通文知礼的徽商，在商业经营上也是成功者，是徽商"贾而好儒"的典型。听得客商之地的邻居莫晓窗称赞己子并愿授其以经文，喜出望外，即将许国寄居莫家，一直住了近十年。许国随父回到本籍，不久即中举，中进士，由此走上了仕途，后官至东阁大学士,是徽商子弟业儒和仕进的成功例子。今天依然完好无损的许国石坊,不仅以其建筑特色倾倒了海内外游客,也为徽商"贾而好儒"提供了实物依据。

在明清时代,徽商的"贾而好儒"有其政治上的利害关系。许国仕途成功成为许氏的荣耀。朝廷赐予的褒语,先被镌刻在石坊上,后被十分隆重、尽极华美地建筑和装饰起来,很快便成了许氏的祀会之所。官与商在这里很完美地结合。它也正好说明:在士、农、工、商,商为贱业的封建社会,商人为了保证经营上的成功,莫不对来自官场的权力顶礼膜拜。

通过对许国本事的了解和分析,更能对许国石坊这一杰出的明清徽州建筑获得深层理解,并上升到文化意义的感悟。许国石坊记载了徽商"贾而好儒"并由此走上仕途的履历,包容了官与商结合的丰富内涵。

宝纶阁·呈坎村·歙俗

于志斌

据史载,安徽歙县呈坎乡的宝纶阁是明监察御史罗应鹤在嘉靖年间(1522—1566年)建构的,供收藏"御赐"珍品之用,故名。

这个三进两院,占地十余亩的建筑群,被错落的院墙和山墙浑然连成一体。进门为午朝门式,六石柱立脚,高过房顶二尺,柱顶有雕刻精致的石狮。檐内外为十二个六铺作的如意斗拱和挑檐坊。

第一进立石柱八根,石柱与木柱多用雕花装饰,斗拱与斗拱之间均用方格布满,托斗形似花盘,左右走廊边沿有雕花石栏杆,台基旁两石柱上雕有狮子。第一、第二进之间有八丈见方的天井，左右厢房对称，房前青石栏杆上精雕细刻着走兽麒麟、戏水飞龙、花卉云纹。院内中间挺立一株苍老古朴的桂花树。

第二进是宽敞宏大的殿宇，正面排方石柱六根，柱基础特别大。堂中四根大立柱，一人难以合抱。殿檐上正脊高耸，屋顶部分体积庞大，从而使大殿显得更加庄重古朴。

第三进才是宝纶阁正身，也是整个祠堂的精华所在。弥望去，崇阁巍峨，层楼高起，二楼檐下挂着吴士鸿手书的"宝纶阁"横匾。阁厅宏敞，面阔29米，进深10米，高7米，楼下柱高4.3米。前沿方石柱十根，像一排卫士屹立阁前。方石柱四面向内凹进呈弧形，柱基为十六角形。走廊上的石栏杆雕琢的图案疏密有致，各具神态。

抬望眼，屋面圆穹形，檐角飞挑，屋梁纵横交错，装饰精美，雕刻笔触细腻，令人目不暇接。前檐外包月加两个半铅梁举架一层，梁柱之间用云朵雕作盘斗，梁柱上和额坊上绘有各种线卷草及云纹等，造型优美，绚丽多姿。镂空的梁头柱托和设计巧妙的荷花托，使人不能不为这别出心裁的木雕艺术而叫绝！

攀上三十二级木台阶上楼，只见五十四根木柱整齐排列，屋顶阁栅外露，外衬水磨青砖。对面殿顶鳞次栉比的青瓦，苔藓斑驳，远山近水，尽收眼底，令人心旷神怡。

如此明珠，为什么能嵌在歙县这块土地上呢？

方士庹，字右将，号西畴，乾隆时歙县环山人，寓居扬州，时常归里主持宗祠事。著有《西畴诗钞》。他所作的《新安竹枝词》36首，极写清代徽州及其本里的风俗人情。读其诗可深化我们对宝纶阁及其所在地人文、自然景观的理解。其诗有曰："世家门第擅清华，多住山陬与水涯。到老不知城市路,近村随地有烟霞。"

"世家门第擅清华"句,使我们想到呈坎宝纶阁主人罗应鹤一宗。呈坎罗氏确是徽州的名氏大族。宋代,呈坎罗氏中的罗汝楫,字彦济,政和二年(1112年)进士,仕至吏部尚书、龙图阁学士,封新安郡开国侯。罗汝楫之子罗愿是乾道二年(1166年)进士,曾官鄂州知府,人称"罗鄂州"。罗汝楫父子为呈坎罗氏的荣耀,一直列享于罗氏宗祠;同时,也奠定了呈坎罗氏之"世家门第"的坚实地位。

呈坎罗氏在明一代也不乏入仕之人,罗应鹤即是他们中的代表。清代,呈坎罗氏虽然中衰,但依然出了一名杰出的艺术家罗聘(字两峰),他是"扬州八怪"之一。

呈坎罗氏的住宅,虽然经历了四五百年的历史,迄今仍有罗氏后人居住。

"多住山陬与水涯"句,使我们想到了宝纶

阁所在的呈坎村。该村的建筑剔透玲珑,别具风格。村落依山傍水,顺河流走向展开。迄今仍见明代古桥两座,桥上有亭,河畔植树,村口处构成徽州式的"水口"。罗聘写有"板桥红冷夕阳明,荷芰香销水浅清。粘岸枯萍深一尺,寒龟曳尾曝秋晴"(《秋池》)。罗聘诗和呈坎景色互为补益、相得益彰,充分表现了呈坎的优美环境。

"到老不知城市路"句,使我们想到了徽州一地的社会习尚。徽州的"故旧"之家具有"聚族居""重宗法"的社会特征,在此影响下,族内氏子应"安土怀生",极贫者也不外出"流庸"。在徽州,甚至"轻去其乡,亦君子所鄙"。呈坎村罗氏当然是故旧之家,其宝纶阁就是该氏的祀会之所,正符合上述的说法。

"聚族居""重宗法"使得歙县氏族之人"安土怀生""不肯轻去其乡",就是"到老不知城市路"的最好注脚。呈坎宝纶阁等徽州明清建筑之所以能完好无损地传存下来,除了地理因素外,更主要的是"聚族居""重宗法"的社会因素使然。

"近村随地有烟霞"句,使我们想到歙县村落建筑的总体风格。歙县为徽州府治所在地,境内古建筑、古民居保存较多。现存的村落建筑多有树木、清溪、小桥、流水、石路、方亭、古塔等景物,它们把整体村落衬托在山光水色之中,组成了一幅幅美丽的图画。

临水筑街,路旁设店,小桥飞跨清溪,溪畔砌石为阶便民用水,村头庄尾往往有寺庙和古树。这些都使得村落的环境幽静而优美,使主人客众置身在山水的沁陶之中。呈坎村是歙县古代村落建筑杰出的代表地之一。

图书在版编目(CIP)数据

可惜从此无徽州 / 李辉主编；冯骥才等著 . —深圳：海天出版社，2019.1

（地名古今）

ISBN 978-7-5507-2497-6

Ⅰ. ①可… Ⅱ. ①李… ②冯… Ⅲ. ①随笔 – 作品集 – 中国 – 当代 Ⅳ. ①I267.1

中国版本图书馆CIP数据核字(2018)第229732号

可惜从此无徽州
KEXI CONGCI WU HUIZHOU

出 品 人	聂雄前
项目负责人	曾韬荔
责任编辑	孙 艳
	曾韬荔
责任技编	梁立新
装帧设计	自留地 交流邮箱：919679085@qq.com

出版发行	海天出版社
地　　址	深圳市彩田南路海天综合大厦（518033）
网　　址	www.htph.com.cn
订购电话	0755-83460397(批发)　83460239(邮购)
排版制作	深圳市龙墨文化传播有限公司（电话：0755-83461000）
印　　刷	深圳市新联美术印刷有限公司
开　　本	787mm×1092mm　1/32
印　　张	7.5
字　　数	100千
版　　次	2019年1月第1版
印　　次	2019年1月第1次
定　　价	45.00元

海天版图书版权所有，侵权必究。
海天版图书凡有印装质量问题，请随时向承印厂调换。